OS MONSTROS

DAVE EGGERS

Os monstros

Baseado no livro ilustrado *Onde vivem os monstros*, de Maurice Sendak,
e no roteiro do filme homônimo, escrito por D. E. e Spike Jonze

Tradução
Fernanda Abreu

Copyright © 2009 by Dave Eggers, Maurice Sendak & Warner Bros. Entertainment Inc.

Grafia atualizada segundo o Acordo Ortográfico da Língua Portuguesa de 1990, que entrou em vigor no Brasil em 2009.

Título original
The Wild Things

Capa
Rachell Sumpter

Preparação
Maria Cecília Caropreso

Revisão
Daniela Medeiros
Marise Leal

Dados Internacionais de Catalogação na Publicação (CIP)
(Câmara Brasileira do Livro, SP, Brasil)

Eggers, Dave
Os monstros / Dave Eggers ; tradução Fernanda Abreu — São Paulo : Companhia das Letras, 2009.

Título original: The Wild Things
ISBN 978-85-359-1556-3

1. Ficção norte-americana I. Título.

09-09512   CDD-813

Índice para catálogo sistemático:
1. Ficção : Literatura norte-americana   813

[2009]
Todos os direitos desta edição reservados à
EDITORA SCHWARCZ LTDA.
Rua Bandeira Paulista 702 cj. 32
04532-002 — São Paulo — SP
Telefone (11) 3707 3500
Fax (11) 3707 3501
www.companhiadasletras.com.br

*Para Maurice Sendak,
homem de coragem e beleza indescritíveis.*

1.

Tão ofegante quanto Cotoco, Max perseguiu o cachorro branco feito uma nuvem pelo corredor do andar de cima, desceu a escada de madeira e chegou ao frio *hall* aberto. Max e Cotoco faziam sempre isso, sair correndo e lutando pela casa, embora a mãe e a irmã de Max, as duas outras moradoras da casa, não gostassem do barulho nem da violência da brincadeira. O pai de Max morava na cidade e telefonava toda quarta e todo domingo, mas às vezes não.

Max se jogou em cima de Cotoco, errou, trombou em cheio com a porta da frente e derrubou a cestinha que ficava pendurada na maçaneta. Essa cestinha era um pequeno recipiente de vime que Max achava idiota, mas que a mãe de Max insistia em deixar pendurado na maçaneta da porta da frente para dar sorte. A principal finalidade da cestinha era ser derrubada e cair no chão, onde muitas vezes era pisoteada. Então Max derrubou a cestinha, e depois Cotoco pisou nela, enfiando o pé pelo fundo com um desagradável ruído de vime se rasgando. Max ficou aflito por um segundo, mas então esqueceu a aflição ao ver Cotoco tentando andar pela casa com a cesta presa à pata. Não conseguia parar de rir. Qualquer pessoa sensata veria a graça daquela situação.

— Você vai passar o dia inteiro fazendo maluquice? — perguntou Claire, aparecendo de repente em pé ao lado de Max. — Só faz dez minutos que você chegou em casa.

Sua irmã Claire estava com catorze anos, quase quinze, e já não tinha o menor interesse por Max, pelo menos não um interesse constante. Claire agora estava no primeiro ano do ensino médio, e tudo que os dois sempre haviam gostado de fazer juntos — inclusive brincar de Lobo e Mestre, brincadeira que Max ainda achava legal — já não a seduzia tanto. Ela havia passado a se exprimir com um tom de eterna insatisfação e irritação com tudo que Max fazia, e com a maioria das coisas que existiam no mundo.

Max não respondeu à pergunta de Claire; qualquer resposta seria problemática. Se dissesse "não", isso iria sugerir que ele de fato estava fazendo maluquice, e se dissesse "sim", significaria que não apenas havia feito maluquice, e estava admitindo isso, mas que pretendia *continuar* fazendo maluquice.

— É melhor você dar uma sumida — disse Claire, repetindo uma das expressões preferidas de seu pai. — Convidei umas pessoas para virem aqui em casa.

Se Claire estivesse com a cabeça no lugar, saberia que dizer a Max para *dar uma sumida* só iria fazê-lo querer *aparecer* ainda mais, e dizer-lhe que iria receber convidados só o deixaria ainda mais decidido a estar presente.

— A Meika também vem? — perguntou ele. Meika era a amiga de Claire de quem ele mais gostava; as outras eram todas umas imbecis. Meika lhe dava atenção, conversava de verdade com ele, fazia-lhe perguntas, e certa vez tinha até ido ao seu quarto brincar de Lego e admirar a fantasia de lobo que ele guardava pendurada na porta do armário. Ela não tinha esquecido as coisas divertidas da vida.

— Não interessa — respondeu Claire. — Deixe a gente em paz e pronto, tá? Não chame ninguém para brincar com os seus tijolinhos ou para qualquer outra besteira ridícula que quiser que eles façam.

Max sabia que ficar olhando e chateando Claire e os amigos dela seria melhor se estivesse acompanhado, então saiu de casa, montou na bicicleta e desceu a rua até a casa de Clay. Clay havia se mudado para lá pouco tempo antes; morava em uma das casas recém-construídas que ficavam mais embaixo na rua. E, embora ele fosse pálido e tivesse uma cabeça excessivamente grande, Max estava lhe dando uma chance.

Max foi pedalando pela calçada em zigue-zague com a cabeça cheia de ideias sobre o que ele e Clay poderiam fazer com ou, se isso não fosse possível, *contra* os amigos de Claire. Era dezembro, e a neve, seca e fofa poucos dias antes, estava agora derretendo, deixando as ruas e as calçadas cobertas de lama escura e os gramados sufocados por uma capa irregular de gelo.

Alguma coisa estava acontecendo no bairro de Max. As casas velhas estavam sendo demolidas e em seu lugar iam surgindo casas novas, maiores e mais chamativas. Havia catorze casas no seu quarteirão, e nos últimos dois anos seis delas, todas mais para pequenas e de um andar só, tinham sido postas abaixo. Todas as vezes a mesma coisa havia acontecido: os donos tinham ido embora ou morrido de velhice, e os novos moradores haviam decidido que gostavam da localização da casa, mas queriam outra bem maior no mesmo lugar. Isso fez o bairro se encher com o constante barulho de obras e, para a alegria de Max, com um estoque quase inesgotável de materiais descartados — pregos, madeira, arame, placas isolantes, telhas. Com isso tudo, ele vinha construindo uma espécie de casa só sua em uma árvore no mato perto do lago.

Max chegou, desceu da bicicleta e bateu na porta de Clay Mahoney. Curvou-se para amarrar os cadarços e, quando estava terminando o segundo nó no sapato esquerdo, a porta se abriu com energia.

— Max? — A mãe de Clay estava em pé na sua frente, usando uma calça preta justa e uma camiseta branca *baby look* que dizia HOJE! SIM! por cima de um *top* de lycra preta; estava vestida como um esquiador alpino profissional. Atrás dela, um vídeo de ginástica estava pausado na TV. Na tela, três mulheres malhadas esticavam os braços para cima e para a direita, fazendo caretas desesperadas, tentando alcançar alguma coisa bem para fora do quadro.

— O Clay está? — perguntou Max, pondo-se de pé.

— Não, Max, sinto muito, ele não está.

Ela segurava uma grande caneca prateada de asa preta — algum tipo de caneca de café — e, enquanto tomava um gole, olhou para um lado e para o outro da varanda da frente.

— Você veio sozinho? — perguntou.

Max pensou nessa pergunta por um segundo, em busca de um sentido oculto. É claro que ele tinha ido lá sozinho.

— Vim — respondeu.

Max já tinha reparado que a mãe de Clay sempre parecia estar com cara de surpresa. Sua postura e sua voz transmitiam uma impressão de controle, mas seus olhos diziam *É mesmo? O quê? Como é possível?*

— Como foi que você veio até aqui? — perguntou ela.

Outra pergunta estranha. A bicicleta de Max estava caída no chão a pouco mais de um metro atrás dele, bem à vista. Será que ela não estava vendo?

— De bicicleta — respondeu ele, apontando por cima do ombro com o polegar.

— Sozinho? — perguntou ela.

— É — disse ele. *Mas que mulher estranha*, pensou Max.

— Sozinho? — repetiu ela. Seus olhos haviam se arregalado. Coitado do Clay. A mãe dele era doida. Max sabia que precisava tomar cuidado com o que dissesse para alguém doido. Gente doida não tinha que ser tratada com muito cuidado? Ele decidiu ser educado.

— Sim, senhora Mahoney. Eu... estou... sozinho. — Pronunciou as palavras devagar, com cuidado, sem deixar de encará-la nos olhos.

— Os seus pais sabem que você anda de bicicleta por aí sozinho? Em dezembro? E sem capacete?

Aquela senhora definitivamente estava com dificuldades para compreender o óbvio. Era óbvio que Max estava sozinho, e óbvio que tinha ido até lá de bicicleta. E não havia nada sobre a sua cabeça, então por que perguntar sobre um capacete? Ainda por cima, ela estava tendo alucinações. Ou será que era meio cegueta?

— Sim, senhora Mahoney. Eu não preciso de capacete. Moro bem ali no final do quarteirão. Vim pela calçada.

Ele apontou para a rua em direção à própria casa, que era visível de onde estavam. A sra. Mahoney levou a mão à testa e apertou os olhos, parecendo uma náufraga em busca de um navio de resgate no horizonte. Abaixou a mão, virou os olhos para Max e deu um suspiro.

— Bom, o Clay está na aula de *quilt* — disse ela. Max não sabia o que era uma aula de *quilt*, mas parecia bem menos divertido do que fazer espadas com pingentes de gelo e ficar atirando nos passarinhos, que era a ideia de Max.

— Bom, então tá. Obrigado, senhora Mahoney. Diga para ele que eu passei aqui — falou. Acenou um tchau para a mãe doida de Clay, virou-se e subiu na bicicleta. Ouviu a porta da casa dos Mahoney se fechar enquanto se afastava. Porém, quando começou a pedalar pela calçada em direção à sua casa, viu que a sra. Mahoney estava do seu lado, caminhando decidida, ainda segurando a caneca prateada.

— Não posso deixar você ir sozinho — disse ela, dando passos rápidos a seu lado.

— Obrigado, senhora Mahoney, mas eu ando de bicicleta sozinho todo dia — disse ele, pedalando com cuidado e novamente sem deixar de encará-la nos olhos. A estranheza daquela mulher havia triplicado e os batimentos cardíacos de Max haviam duplicado.

— Mas hoje você não vai andar — disse ela, estendendo a mão para segurar o selim da bicicleta de Max.

Agora ele estava começando a ficar assustado. Aquela mulher não apenas era maluca mas o estava seguindo, agarrando-o. Ele aumentou a velocidade. Pensou que deveria ser capaz de pedalar mais depressa do que ela conseguia andar, e era isso que pretendia fazer. Agora estava em pé sobre os pedais.

Ela acelerou o passo — ainda estava andando! Seus cotovelos se projetavam para a esquerda e para a direita e sua boca era uma fina risca de determinação. Será que ela estava sorrindo?

— Ha! — riu ela. — Que divertido!

Eram sempre os mais malucos que sorriam quando estavam fazendo as coisas mais malucas. Aquela mulher era um caso perdido.

— Por favor — disse ele, agora pedalando com a maior rapidez de que era capaz. Quase bateu em uma caixa de correio, a dos Chung, aquela com um grande símbolo da paz; esse símbolo havia causado uma enorme controvérsia no bairro. — Me solte — implorou.

— Não se preocupe — disse ela ofegante, agora correndo. — Vou ficar com você o caminho todo.

Como é que ele iria conseguir se livrar dela? Será que ela iria segui-lo até dentro de casa? Com certeza estava esperando os dois ficarem sozinhos dentro de casa para poder fazer alguma coisa com ele. Poderia golpeá-lo com a caneca de café. Ou quem sabe pegar um travesseiro, segurá-lo deitado e sufocá-lo? Isso parecia ser mais o estilo dela. Aquela mulher tinha o olhar límpido e o aspecto eficiente de uma enfermeira assassina.

Então ouviram latidos. Max se virou e viu que o cachorro da família Scola tinha se juntado a eles, latindo para a sra. Mahoney e mordiscando-lhe os calcanhares. A sra. Mahoney não deu muita atenção ao animal. Tinha os olhos mais arregalados do que nunca. O exercício parecia deixá-la ainda mais alegre.

— Endorfina! — cantarolou ela. — Obrigada, Max!

— Por favor — disse ele. — O que é que a senhora vai fazer comigo? — Faltavam ainda umas dez casas para a sua.

— Vou proteger você — respondeu ela — disso tudo.

Ela acenou com o braço indicando o bairro em que Max havia nascido e onde sempre havia morado. Era uma rua tranquila com elmos e carvalhos bem altos, que terminava em um beco sem saída. Para lá do beco sem saída ficavam alguns hectares de mata, e depois o lago. Nada de mau ou digno de nota jamais havia acontecido naquela rua, nem naquela cidade, nem, aliás, em um raio de seiscentos e cinquenta quilômetros ao redor.

De repente, Max girou o guidom, saindo da calçada. Desceu o meio-fio e começou a pedalar pela rua.

— A rua! — arquejou a sra. Mahoney, como se ele houvesse guiado a bicicleta para dentro de um rio de lava. A rua estava vazia agora, como sempre. Mas ela logo apareceu bem atrás dele, correndo agora, novamente estendendo a mão para segurar o seu selim.

Max concluiu que era besteira voltar para casa; era para lá que ela queria que ele fosse. Ele estaria encurralado e ela daria cabo dele com certeza. Sua única chance de escapar era a mata.

Tornou a ganhar velocidade, abrindo espaço suficiente para dar meia-volta. Deu um giro rápido de cento e oitenta graus e tomou novamente a direção do beco, esperando conseguir entrar na mata.

— Para onde você está indo? — gemeu ela.

Max quase riu. Ela não iria segui-lo até a mata, iria? Ele olhou para trás e, embora ela houvesse perdido o ritmo por um ou dois passos, não demorou muito para começar a correr em sua direção. Cara, como ela corria depressa! Max estava perto do final da rua, quase junto às árvores.

— Não vou perder você de vista! — disse ela em falsete. — Não precisa se preocupar!

Ele tornou a subir o meio-fio, fazendo a sra. Mahoney emitir um uivo aterrorizado, e foi avançando por cima do chão duro de grama e neve. Logo começou a se abaixar rapidamente por causa dos primeiros galhos baixos dos grandes pinheiros cobertos de neve feito um bigode branco, esquivando-se entre os troncos.

— MAAAAAX! — gritou ela. — Na mata não!

Ele entrou na mata e tomou a direção da ribanceira.

— Pedófilos! Drogas! Sem-tetos! Agulhas! — arquejou ela.

A ribanceira estava logo à frente, com uns sete metros de profundidade e quatro de largura. Um mês antes, ele tinha feito uma ponte larga com uma prancha de madeira por cima do vão. Se conseguisse chegar até lá, atravessar a ponte e tirar a prancha a tempo, talvez finalmente ficasse livre.

— Pare! — berrou ela.

Ele ia inclinando a bicicleta sob o corpo, para a esquerda e para a direita. Nunca tinha pedalado tão depressa. Até mesmo o cachorro dos Scola estava achando difícil manter o ritmo; o bicho continuava tentando abocanhar os calcanhares da mulher.

— Cuidado! — gritou ela. — Olhe a... como é o nome? A ribanceira!

Grande coisa, pensou ele. Chegou à ponte, e novamente ouviu-se um uivo de terror indescritível.

— Nãããããooooo!

Ele atravessou a ponte depressa, fazendo-a chacoalhar. Do outro lado, parou, largou a bicicleta e agarrou a prancha. Ela o estava quase alcançando quando ele puxou a prancha. A ponte caiu ribanceira abaixo e se espatifou nas pedras.

Ela estacou.

— Mas que droga! — gritou. Ficou alguns segundos parada com as mãos nos quadris, ofegando. — Como quer que eu proteja você se estiver aí do outro lado?

Max pensou em algumas respostas inteligentes para essa pergunta, mas acabou não dizendo nada. Tornou a subir na bicicleta, caso a sra. Mahoney decidisse pular o vão. Ela era bem mais forte e mais rápida do que ele havia imaginado, então não podia descartar essa hipótese.

Nessa hora, o cachorro dos Scola, que ainda corria a toda a velocidade, decidiu ultrapassar a sra. Mahoney, pular por cima da ribanceira e ir se juntar a Max. Levantou voo sem o menor esforço e aterrissou ao lado de Max. Virou-se para encarar a mulher e então ergueu o focinho para Max com os dentes arreganhados e os olhos felizes, como se os dois juntos houvessem derrotado um inimigo comum. Max riu, e quando o cachorro começou a latir para a mulher com o corpo dobrado para a frente do outro lado da ribanceira, Max também latiu. Ficaram os dois ali, latindo sem parar.

2.

— Ei, Claire! — gritou Max para dentro de casa. Não houve resposta.

Ele mal podia esperar para contar à irmã sobre a doida da sra. Mahoney. Claire nem sempre se interessava pelas mesmas coisas que Max, mas sempre gostava de histórias sobre gente maluca. Aquela história iria deixá-la de queixo caído.

— Tem alguém em casa? — perguntou ele, esperando que apenas a irmã estivesse. Gary, o namorado de sua mãe, que tinha o queixo mole feito um pudim, às vezes aparecia depois do trabalho e ficava cochilando no sofá. Ele manchava qualquer cômodo em que se derramasse.

— Claire?

Max olhou para dentro da cozinha, da sala, do porão. Nem sinal de Claire. Subiu até o andar de cima, e por fim a escutou.

— Mas eu *não* mostrei para ele! *Justamente* — dizia ela.

A irmã estava no telefone quando Max entrou em seu quarto, com as primeiras palavras de sua história prestes a sair da boca. Antes de ele conseguir começar, porém, ela o encarou com um olhar muito cruel. Ele foi embora de fininho.

— Mas por que é que ela iria *dizer isso*? Que mentira!

Ele ficou esperando do lado de fora da porta. Quando a irmã desligasse o telefone, iria lhe contar sobre a sra. Mahoney, sobre a sua vitória, e juntos os dois iriam planejar algum tipo de brincadeira maldosa para fazer com aquela mulher doida.

Mas, afinal, por que esperar? Max sabia que Claire iria querer escutar aquilo logo, e que iria lhe agradecer — por salvá-la daquela conversa chata em troca de outra bem melhor — no mesmo instante em que ouvisse o que Max tinha para contar. Tornou a entrar no quarto da irmã e...

— Vá embora daqui, droga! — gritou ela.

Ele passou alguns instantes parado, tão chocado que não conseguia se mexer nem falar. Não era assim que havia imaginado as coisas, não mesmo.

— Vá embora daqui! — gritou ela de novo, duas vezes mais alto do que da primeira vez, e fechou a porta na cara dele com um chute.

A raiva de Max não tinha fim, e toda a sua incrível potência estava direcionada para Claire. O que ele tinha feito? Tinha entrado no quarto da irmã. Tinha tentado falar com ela. Não era certo nem justo que ela o tivesse tratado daquele jeito, e ela sabia disso.

E agora iria pagar por isso.

Ainda havia neve suficiente para uma construção sólida, então ele decidiu construir um forte, o melhor forte do mundo, com o banco de neve do outro lado da rua. E, quando os amigos dela aparecessem, Max estaria pronto, e iria se vingar. Não seria bonito de se ver, mas fora Claire quem tinha pedido.

Ele vestiu as roupas de neve e atravessou a rua correndo. Usando a pá de jardinagem da mãe, foi cavando, cavando o monte de neve, e logo terminou o compartimento principal. Era grande o suficiente para comportar a ele e talvez outra pessoa do seu tamanho, e tinha um teto alto o suficiente para ele ficar sentado lá dentro. Com a pá, esculpiu uma prateleira comprida e profunda na parede interna da caverna, para guardar bolas de neve e quem sabe comida ou livros. Se conseguisse arrumar uma extensão suficientemente comprida e resistente, achava que poderia até instalar uma TV. Mas isso ficaria para mais tarde.

 Na parede de frente para sua casa, ele escavou um pequeno buraco. Agora tinha uma visão perfeita da entrada de carros e da porta da frente da casa. Estaria pronto quando os amigos de Claire aparecessem e, como de costume, ficassem parados na entrada dos carros, conversando e fingindo que sabiam mascar fumo, e depois cuspindo e babando aquele líquido marrom sobre a neve cinza.

 Max olhou para o relógio e viu que eram quatro e quinze, o que significava que provavelmente ainda tinha quinze minutos antes de eles chegarem. Os amigos de Claire apareciam — isto é, quando apareciam, porque às vezes não apareciam, apesar de terem dito que iriam aparecer — por volta das quatro e meia diariamente, porque um dos meninos que sempre vinha, com os cabelos desgrenhados e chamado Finn, tinha que ficar de castigo depois da aula na escola todos os dias até o fim do ano. Quem é que iria tirar um cara desses do castigo só para aproveitar sua companhia? Claire e seus amigos idiotas. Ficavam na escola esperando aquele bobalhão chamado Finn e depois, por algum motivo, iam todos para a casa de Max.

 Max usou o tempo disponível para reunir um vasto arsenal. A neve estava com uma textura perfeita, molhada apenas o suficiente para ficar pegajosa. Tudo que ele precisava fazer era pegar um punhado, e a neve já vinha em formato de bola — as bolas praticamente se formavam sozinhas. Ele apertava bem cada uma das bolas de todos os lados, alisava, apertava de novo, alisava de novo, e depois as punha na prateleira. Em dez minutos, havia compactado trinta e uma bolas de neve e não tinha mais espaço na prateleira.

Então fez outra prateleira.

Com os cinco minutos restantes, Max concluiu que precisava de uma bandeira no topo de seu forte, então saiu da caverna e foi procurar um graveto na mata ao redor, e encontrou um com pouco mais de um metro de comprimento e reto feito um mastro. Fincou-o no telhado do forte, depois amarrou nele seu gorro. Recuou alguns passos e ficou convencido de que aquilo se parecia de fato com uma bandeira — uma bandeira erguida em nome de uma grande nação e antes de uma batalha gloriosa e moralmente necessária.

Às quatro e meia, estava outra vez abrigado no espaço frio e confortável do forte, espiando pelo buraco, à espreita de qualquer movimento em sua casa. Não, não estava com frio. Quem o visse poderia pensar que um menino ficaria com frio passando tanto tempo assim na neve, porém Max não estava com frio. Sentia era calor, primeiro porque estava usando várias camadas de roupa e segundo porque meninos que são metade vento, metade lobo nunca sentem frio.

Às 16h38, uma *van* encostou em frente à garagem de sua casa. Era um carro que ele conhecia bem: uma *van* vermelha caquética que pertencia a um dos meninos que frequentavam a sua casa. Dois meninos e uma menina saltaram do carro. Um dos meninos era o desgrenhado chamado Finn. O outro sempre usava roupas pretas; o nome dele era Carlos. O nome da menina era Meika, e Max nutria por ela um amor sem limites.

Max conseguiu escutar trechos de uma conversa enquanto eles iam entrando em sua casa.

— A Tonya disse a você que não foi ela? — perguntou Meika.

— Disse, sim — respondeu Carlos.

— Mas isso não quer dizer que a gente acredita nela — disse Finn.

A porta da frente se abriu e Claire apareceu.

— Falando no diabo — disse Carlos.

— Como é? — indagou Claire, e todos riram.

Claire fingiu rir também, e os outros três passaram por ela e entraram na casa. No minuto seguinte, tornaram a aparecer. Provavelmente queriam mascar fumo, e Claire sabia que não podia deixá-los fazer isso dentro de casa; a mãe deles sempre percebia algumas horas ou dias depois. Quando os meninos e Claire começaram com seus tossidos e cuspidas nojentos, Max viu que o palco estava armado. Sabia o que precisava fazer.

— Então tá. Então tá — disse a si mesmo. — Então tá.

Espremeu-se para fora pela porta do forte, certificando-se de não ser detectado pelos quatro alvos do outro lado da rua. Em pé no meio da rua, ficou observando Claire e os amigos dela com atenção e confirmou que não havia sido detectado. Tornou a esticar a mão para dentro do forte para pegar sua munição. Com cuidado, pôs as bolas de neve dentro de todos os bolsos disponíveis da roupa. Quando os bolsos ficaram cheios, pôs o resto das bolas na frente do casaco, formando como uma bolsa de um canguru. Deixou vinte bolas dentro do forte, para o caso de precisar repor o estoque mais tarde.

Agora tinha de chegar mais perto. Precisava atravessar a rua e se posicionar no quintal do vizinho. Ali teria uma cerca para protegê-lo do fogo inimigo. Mas o caminho para atravessar a rua era longo, e eles com certeza iriam vê-lo correndo a pouco mais de dez metros de distância.

Então teve uma ideia.

Pegou uma das bolas menores e lançou-a o mais longe que pôde. Conseguia lançar bem longe — era capaz de lançar uma bola de beisebol a setenta quilômetros por hora, segundo aquele radar que tinha nas gaiolas onde os rebatedores treinavam —, então a bola de neve, uma bola pequena, passou por cima da cabeça de Claire e de seus amigos, indo cair no quintal do vizinho mais afastado. Ao aterrissar, emitiu um barulho alto de arranhão, e os quatro adolescentes se viraram para ver de onde vinha aquele barulho. Enquanto estavam distraídos, Max atravessou a rua correndo e mergulhou atrás da cerca do outro vizinho.

O plano funcionou. Ele era tão esperto que quase não conseguia se aguentar. Prosseguiu depressa.

Agora achava-se a apenas uns sete metros do inimigo, com a cerca do vizinho a escondê-lo. Os quatro adolescentes estavam entretidos mascando fumo, que os meninos punham na boca enquanto as meninas diziam "Esse negócio é horrível", e depois diziam outras coisas estúpidas e que não valia a pena dizer. Enquanto isso, nenhum deles fazia ideia de que estavam prestes a sofrer um ataque devastador.

Max deixou cair todas as suas bolas de neve no chão junto a seus pés e arrumou uma fileira de munição na trave mais baixa da cerca. Deixou sete bolas de neve em diversos bolsos, caso precisasse avançar em direção ao inimigo para aniquilá-lo.

Por fim, estava pronto. Respirou fundo, soltando o que parecia ser o bafo de um dragão, e começou.

Disparou uma saraivada de cinco bolas de neve, uma depois da outra, lançando-as mais depressa ainda do que pensava ser possível. Seu braço era uma espécie de máquina, parecia um canhão disparando bolas de tênis.

Pam!

Pam!

Pam!

Uma das bolas atingiu o menino descabelado no peito. O barulho foi incrível, um estalo oco em seu casaco fofinho.

— Mas que porcaria...? — gritou ele.

Outra bola atingiu Meika na coxa.

— Ai! Mas que...! — arquejou ela.

Outra bola bateu no parabrisa da *van*; dessa vez, também, o barulho foi incrível. Duas erraram o alvo completamente, mas isso não teve importância — Max já estava disparando outra saraivada. Quatro outras bolas foram lançadas por seu braço-canhão, e elas atingiram o ombro de Claire, o teto e a porta do carro, e Carlos bem na virilha. O menino se curvou para a frente. Fantástico.

— Quem está aí? — gritou Claire.

Max se encolheu atrás da cerca, mas não antes de os meninos deduzirem que o ataque vinha dele. Já haviam detectado sua posição. Max preparou outro arsenal, mas quando tornou a espiar por cima da cerca — "Olhem o moleque ali!", disse um deles —, foi recebido por uma avalanche de neve, que se derramou sobre sua cabeça e costas com grande força e velocidade. Os meninos tinham sido rápidos, e jogado uma montanha de neve por cima da cerca e em cima de Max. A luta estava ultrapassando o estágio da artilharia e virando um combate corpo a corpo antes do que Max previra.

— Que tal isso, bundão?

— Você me acertou no saco, seu idiota.

Se Max conseguisse atravessar a rua correndo, estaria em segurança. Mesmo que eles o seguissem, nunca seriam capazes de encontrar seu forte bem escondido, e muito menos penetrar suas defesas. Saiu correndo.

— Pode correr, pequeno gafanhoto! Pode correr! — disseram eles.

— Olhem só as perninhas dele!

Enquanto começava a correr, lançou uma última bola, fazendo-a formar um arco tão alto que ela logo desapareceu contra o sol antes de Max conseguir ver onde iria aterrissar.

Ele correu, e já havia atravessado a rua antes mesmo de os meninos resolverem segui-lo. Ziguezagueou entre os pinheiros para despistá-los e então ouviu a última bola de neve aterrissar com um baque gelado.

— Max, seu peste! — ouviu Claire dizer. — Você acertou Meika bem na cara!

Que pena, Meika era a única que ele não queria de forma alguma acertar. Será que ela ia achar que ele era mais musculoso porque a tinha acertado no rosto? Será que alguma vez as coisas funcionavam dessa forma? Pensou que talvez sim. Max sorriu ao chegar à entrada do forte. Talvez Meika fosse lhe dar um beijo e tocar seu pescoço porque ele tinha acertado seu rosto com uma bola de neve.

Ele olhou pelo buraco e viu Claire ajudando Meika, que estava chorando, com o rosto vermelho e congestionado. Por que alguém iria chorar depois de terem acertado seu rosto com uma bola de gelo e neve caída do céu depois de quase tocar o sol?

Max estava desapontado com Meika. Meninas eram meninas mesmo. Logo, logo Meika estaria chorando o tempo todo, por qualquer motivo, o que era o que a mãe de Max parecia fazer. Alguns anos antes, Max perguntava "Qual o problema?" e dizia "Não chore, mamãe", mas agora fazer isso parecia inútil.

— Para onde ele foi? — perguntou um dos meninos. Max ouvia sua voz, mas pelo buraco não conseguia identificar de onde ela vinha.

— Esperem. Olhem ali a bandeira — disse o outro menino.

Max fez uma anotação mental: da próxima vez, nada de bandeira.

Ele ouviu os passos dos dois meninos bem perto de seu forte. Cara, como eles eram rápidos. Agora estavam atrás dele. Ele se virou e viu seus pés bem do lado de fora da entrada da caverna.

— Ele está aí dentro — disse um deles. — Dá para ver as botas idiotas dele.

— Ei, garoto, você está aí dentro? — perguntou o outro.

— Ele está aí dentro — tornou a dizer o primeiro. — Olhe as botas, cara.

— Saia daí ou a gente vai tirar você daí.

Max estava começando a ficar preocupado. Parecia mesmo que eles sabiam onde estava seu forte e que ele estava lá dentro. Se ficasse no forte, estaria encurralado e, se saísse, provavelmente seria massacrado. Parecia ter poucas chances.

Então a mão de alguém surgiu dentro do forte. Um dos meninos havia enfiado o braço pelo teto. Como tinha conseguido fazer isso? Max chutou a mão com força, e ela recuou.

— Ai! Agora você está morto, garoto — disse uma voz.

Então tudo ficou muito silencioso por alguns instantes.

E Max não conseguia mais ver os pés deles.

Escutou algumas risadas, depois alguém dizendo "Sshh".

Então tudo ficou em silêncio por um bom tempo.

Depois ele ouviu passos em cima do forte. Um pouco de neve se desprendeu do teto. Mas Max se sentia seguro, sabendo que havia muitas camadas de neve bem compactada entre o teto e sua câmara. Eles pisaram e continuaram pisando. E daí, pensou Max. Podem pisar à vontade.

Então eles começaram a pular.

O barulho parecia uma tosse grave e alta.

Eles tornaram a pular.

Mais neve se desprendeu do teto e ele despencou para mais perto da cabeça de Max. Ele se encolheu, agora deitado. Mesmo assim, o teto parecia estar caindo.

Um barulho de terra engolindo mais terra.

Eles pularam mais uma vez.

Então o branco. Tudo ficou branco.

E frio, muito frio! O frio penetrava seu casaco, seus olhos, seu nariz, sua calça. Ele não conseguia respirar. Não conseguia escutar quase nada. Estava se afogando.

Então ouviu as risadas. Os meninos estavam rindo.

— Legal o seu forte — disse um deles.

— Pode sair — disse o outro.

Max não conseguia se mexer. Não tinha certeza se estava vivo.

— Levante daí, pequeno gafanhoto — disse uma voz.

Max não conseguia se mexer. *Será* que estava vivo?

— Ai, droga — disse uma voz.

Barulhos de alguém cavando. Arranhões furiosos acima dele.

O peso nas costas de Max diminuiu e ele se viu sendo retirado do branco. Os meninos o puxavam para cima, e logo ele se viu novamente do lado de fora, respirando o ar leve. Mas estava sem forças. Não conseguia ficar em pé. Caiu no chão feito um boneco.

Deitado na neve, começou a tossir sem parar. Tinha os olhos encharcados, a pele queimada. Seus olhos não estavam funcionando, sua boca não abria. Seus pulmões subiam e desciam em espasmos, sua garganta ardia.

— Tudo bem? — perguntou um dos meninos.

Max se ajoelhou, mas não conseguiu falar. Estava engasgando com a neve e o muco. Seu coração parecia ter se partido em dois e migrado para o norte, e agora batia em cada um de seus ouvidos.

Onde estava Claire? Ela já deveria estar ali com ele. Segurando seu ombro. Massageando seu pescoço. Pondo as mãos em concha sobre seus ouvidos, soprando ar quente para aquecê-lo como tinha feito apenas um ano antes, quando o gelo do regato tinha rachado logo depois da tempestade de neve e ele tinha caído lá dentro.

Só que Claire não estava por perto. Max se levantou e a neve dentro de seu casaco escorreu-lhe pelas costas. Estava com calafrios e tremia. Olhou para a irmã, mas Claire estava cuidando de Meika e parecia disposta a deixar Max, seu irmão, morrer no meio daquela tarde sem cor do mês de dezembro.

— Você se machucou, garoto? — perguntou um dos meninos. O outro já tinha andado de volta até o carro.

A buzina tocou. Então o segundo menino deu de ombros, saiu de perto de Max e correu para a *van*. Claire ainda ficou mais alguns segundos na entrada da garagem, olhando na direção de Max. Durante esse breve instante, Max ainda teve esperanças de que ela fosse até ele, de que o levasse para dentro de casa, enchesse a banheira de água quente, ficasse lá com ele, xingasse aqueles meninos e nunca mais falasse com eles. De que fosse novamente a sua irmã.

— Esse seu irmão é meio sensível, hein? — disse um rosto da janela aberta do carro. Era Finn, o menino dos cabelos revoltos.

— Você nem imagina o quanto — disse Claire. Ela virou as costas para Max, abaixou-se para entrar no banco traseiro e fechou a porta. O carro deu ré e foi embora.

3.

Max não tinha mais irmã.
Andou de volta até a casa e, antes de se dar conta exatamente do que estava fazendo, percebeu que estava na cozinha, onde revirou o armário debaixo da pia e pegou um balde grande. Virou o balde, esvaziando os produtos de limpeza, *sprays* e escovas que havia lá dentro. Levou o balde para o andar de cima, até o banheiro que dividia com Claire.
Abriu a torneira da banheira e pôs o balde debaixo dela. Enquanto o recipiente se enchia de água, viu de relance o próprio reflexo no espelho do banheiro. Estava encharcado, cada pedacinho de seu corpo molhado, e seu rosto vermelho e irado. Gostou de sua aparência.
O balde estava cheio, e ele esticou a mão para pegá-lo. Estava pesado demais, então ele esvaziou um terço da água. Pegou o balde, com a água balançando de um lado para o outro, e levou-o até o quarto de Claire.
Era um quarto em transição. Claire sempre tivera uma cama cheia de babadinhos cor-de-rosa e azul bebê, com um dos-

sel por cima, mas agora sua cama estava coberta por uma colcha feia de crochê, algo que ela havia comprado no estacionamento de algum *show* na cidade.

Antes de pensar direito no que estava fazendo, ele esvaziou o balde em cima da cama da irmã. A água fez um barulho alto ao se derramar e se espalhou imediatamente pela superfície do colchão.

Ele voltou ao banheiro, onde a torneira continuava aberta. Tornou a encher o balde e foi outra vez ao quarto de Claire, dessa vez despejando a água no chão, onde o carpete a absorveu imediatamente. Isso foi bom, mas só fez abrir seu apetite. Ele tornou a encher o balde e a derramar a água, outra vez e mais outra, encharcando a cômoda, o armário — cada canto do quarto da irmã. Esvaziou sete baldes d'água assim, molhando a cadeira onde ela jogava as roupas, sua coleção secreta de bonecas, bichinhos e equipamento de hóquei sobre grama, o quadro de avisos onde ela havia pregado fotografias dela própria e de seus amigos inúteis.

Era um procedimento bem trabalhoso pegar a água e despejá-la por todo o quarto de Claire, mas Max sentia que aquilo precisava ser feito. Naquele momento, seu trabalho era fazer Claire pagar por ter permitido que ele fosse esmagado debaixo de centenas de quilos de neve, e por tê-lo ignorado, por ter deixado seus amigos praticamente matá-lo. Tinha certeza de que aquele ato, encharcar o quarto dela, era o primeiro de muitos que levariam os dois a deixarem de ser irmãos. Ela provavelmente iria querer sair de casa para morar com Meika, ou se casar com um daqueles drogados e se mudar para uma fazenda em Vermont, coisa que vivia dizendo que faria algum dia. Queria ter a própria fazenda, dizia ela, onde pudesse fabricar sorvete e vender bonecas artesanais e o tipo de marcador de livro de crochê que havia aprendido a fazer recentemente.

Nenhum problema com isso, pensou Max. Desde que ela fosse embora, ele estava pouco ligando para onde iria. Só a queria fora daquela casa, para nunca mais ninguém traí-lo daquela forma. Viveria feliz com a mãe, sobretudo depois de se livrar de seu namorado, Gary, em quem Max não queria pensar naquele momento.

Permaneceu alguns instantes em pé sobre o carpete encharcado e agora coalhado de pequenas poças. Depois de se acalmar e avaliar o estrago, começou a ter pensamentos conflituosos sobre o que havia feito.

4.

A noite já próxima havia pintado seu quarto de um azul abafado, opaco. Do beliche de baixo, ele ligou seus dois globos terrestres — antiguidades que o pai tinha lhe dado de presente, vindas de outras épocas, cada qual iluminada por uma luz interna. As lâmpadas ficavam bem lá dentro, onde devia estar o núcleo líquido da Terra, e davam aos oceanos e continentes dos globos um tom amarelado.

Max passou algum tempo deitado na cama, pensando.

Sabia que seus pensamentos às vezes se comportavam como os pássaros de seu bairro ao levantarem voo. Havia codornas em todo o quarteirão de Max — passarinhos estranhos, com penachos na cabeça, que relutavam em voar. As codornas ficavam lá reunidas em uma fila reta, toda uma família, ciscando as sementes do chão, com uma delas de guarda em cima de uma estaca baixa da cerca, de olho em possíveis intrusos. Então, ao mais leve barulho, todas saíam correndo em uma dúzia de direções diferentes, esquivando-se e desaparecendo em meio à vegetação.

De vez em quando, Max sentia que seus pensamentos

podiam ser endireitados, que podiam ser dispostos em uma fileira e contados; que era possível fazê-los se comportar. Havia dias em que ele era capaz de passar horas a fio lendo e escrevendo, em que compreendia tudo que lhe diziam em todas as aulas, em que jantava com calma e ajudava a tirar a mesa, e depois ficava brincando sozinho na sala sem fazer barulho.

Mas havia outras vezes, outros dias, na verdade a maior parte dos dias, em que os pensamentos não ficavam em fila. Dias em que ele perseguia as diversas lembranças e os impulsos enquanto eles se esquivavam e se espalhavam para longe, indo se esconder na vegetação de sua mente.

E parecia que, quando isso acontecia, quando ele não conseguia entender alguma coisa, quando os pensamentos não fluíam de um para o outro, no rastro das codornas que se espalhavam ele fazia e dizia coisas que depois desejava não ter dito nem feito.

Max se perguntou por que ele era assim. Não queria odiar Claire e não queria ter destruído o quarto dela. Não queria ter quebrado a janela em cima da pia da cozinha quando pensou que estava trancado fora de casa — tinha feito isso alguns meses antes. Não queria ter gritado e socado as paredes de seu quarto no ano anterior, quando não conseguiu encontrar a porta no meio da noite. Havia muitas coisas que ele tinha feito, muitas coisas que tinha quebrado, rasgado ou dito, e ele sempre sabia que as tinha feito, mas não conseguia entender totalmente por quê.

E ocorreu-lhe então que talvez ele estivesse mesmo encrencado. Até ali, tudo lhe parecera bastante simples. Ele quase tinha morrido dentro do forte, então encharcou o quarto da irmã e acabou com todos os vestígios de qualquer afeto que um dia tivesse sentido por ela.

Mas agora esse plano simples, inevitável e lógico parecia menos sensato do que alguns minutos antes. Talvez sua mãe não fosse gostar de ele ter derramado sete baldes de água no quarto de Claire. Era muito estranho pensar assim: como era possível que, pouco antes, fazer tudo aquilo tivesse parecido a única alternativa possível? Ele nem sequer havia questionado o fato. Era a única ideia em sua cabeça, e ele a realizou com grande rapidez e determinação. Então começou a escutar os passos da mãe subindo a escada, subindo para vê-lo, e teve vontade de apagar o passado, tudo que um dia já havia feito. Queria dizer *Eu sei que sempre fui mau, e agora vou ser bom. Só me deixe viver.*

— Tem alguém em casa? — perguntou a mãe de Max. — Max?

Ele poderia fugir. Poderia descer a escada sem que ninguém o visse e sair correndo pela porta da frente. Não poderia? Poderia ir morar em outra cidade, poderia andar de graça em trens, virar um andarilho. Poderia ir embora de casa, tentar deixar um bilhete se explicando, esperar todo mundo se acalmar. Tinha certeza de que haveria raiva, gritos e pés sapateando no chão, ou talvez aquele tipo de silêncio violento que sua mãe tanto havia aperfeiçoado. Ele não queria estar por perto para ver isso tudo.

Então se preparou para ir embora de casa para sempre.

Pegou sua mochila, a que o pai tinha lhe comprado antes de atravessarem o Maine fazendo trilhas. Porém, na hora em que estava se levantando para vestir roupas secas e preparar a mochila, sua mãe apareceu já dentro de seu quarto, a porta aberta, encarando-o.

— O que está acontecendo por aqui? Alguma coisa boa? — perguntou ela.

Estava usando as roupas de trabalho: uma saia de lã e uma blusa branca de algodão. Tinha cheiro de ar frio, suor e de alguma outra coisa. Meu Deus, como ele a amava. Ela se sentou em sua cama e deu-lhe um beijo na cabeça. Por um breve instante, ele derreteu, desintegrou-se com aquele toque carinhoso. Mas então identificou o cheiro: era o desodorante de Gary, que ela havia começado a usar também. Um cheiro úmido, químico.

Max se recostou na cama e seus olhos se encheram d'água. Como podiam tantas lágrimas chegar tão depressa? Chorar era uma idiotice. Uma tremenda idiotice. Ele puxou as cobertas sobre o rosto.

— O que aconteceu? — perguntou ela.

Max não respondeu. Não conseguia olhar para a mãe.

— Está bravo comigo? — perguntou ela.

Max ficou surpreso com aquela pergunta, embora não fosse novidade. Durante um segundo, aquilo lhe deu forças. Ele se lembrou de que havia outros problemas, outras pessoas para culpar.

— Não — respondeu.

Ela tirou as cobertas de cima de seu rosto.

— O que foi então? — perguntou. — Por que você está chorando?

— Os idiotas dos amigos da Claire derrubaram meu iglu — disse ele. As palavras saíram bem antes do que ele havia planejado.

— Ah — comentou a mãe, alisando os cabelos embaraçados do filho. Não parecia muito impressionada com aquele crime. Max sabia que precisava deixar a mãe furiosa com o que Claire havia feito. Se a deixasse furiosa o bastante, quem sabe ela fosse entender o que Max tinha feito para reagir. Talvez ela também quisesse derramar água no quarto de Claire, ou coisa pior.

— Eu me esforcei muito para construir o iglu — acrescentou Max.

— Tenho certeza de que se esforçou — disse ela, segurando a cabeça dele e aproximando-a do peito. Ele ouviu seu coração, sentiu o cheiro de sua pele.

— Eu quase morri. Fiquei enterrado na neve — disse ele, e suas palavras saíram abafadas pela saia da mãe.

Ela então abraçou Max com mais força, e por alguns instantes ele teve esperança. Não sentia mais frio e seu rosto não ardia mais. Por alguns instantes, Max tornou a se esquecer de que talvez estivesse encrencado e de que a encrenca iria começar assim que a mãe entrasse no quarto da irmã.

— Que pena que você teve um dia ruim, Maxie — disse a mãe.

Parecia que ela estava mesmo com pena, mas estaria com pena suficiente para entender o que Max havia feito para revidar? Ele evitou seus olhos, embora pudesse sentir todo o peso de sua compaixão.

— Cadê a Claire? — perguntou ela.

— Que diferença faz? — retrucou Max.

— Que *diferença faz*? — Sua mãe riu. — Para mim, muita. E para você *também* deveria fazer. Você não pode ficar aqui sozinho depois da aula. Vocês dois sabem disso. Ela saiu? Quero perguntar a ela sobre essa história do iglu.

Aquela conversa estava ficando muito agradável. Até então, não havia ocorrido a Max que Claire poderia estar ela própria encrencada. Ela não deveria ter saído! Deveria ter ficado em casa tomando conta dele, mas tinha ido embora naquela *van* feia para mascar fumo. Se Max conduzisse com cuidado aquela situação, talvez pudesse desviar toda a atenção para o que Claire havia feito de errado.

Mas então ouviu-se o barulho de algo pingando.

— O que é isso? — perguntou a mãe de Max.

Max fez cara de quem não sabia e deu de ombros.

Sua mãe se levantou depressa.

— Parece alguma coisa pingando. Você tomou banho de banheira?

Max fez que não com a cabeça. Era verdade; não tinha tomado banho de banheira.

Sua mãe saiu do quarto. Ele ouviu-a no banheiro, apertando as torneiras da banheira. Os pingos continuaram.

— De onde está vindo isso? — perguntou ela em voz alta.

Então entrou no quarto de Claire.

Sua mãe soltou um grito.

Max nunca pensou que ela fosse soltar um grito.

— O que aconteceu aqui? — guinchou ela.

Isso vai ser complicado, pensou Max. *Muito complicado.* Avaliou as próprias alternativas. Poderia inventar alguma história sobre de onde a água tinha vindo. Um buraco no telhado? Talvez alguma janela tivesse ficado aberta. Desejou ter pensado nisso antes. Algum animal podia ter entrado no quarto trazendo neve...

Mas ele nunca tinha mentido para sua mãe antes, e não era capaz de fazer isso agora. Então, quase sem pensar, livrou-se das cobertas e desceu da cama. Entrou no quarto de Claire e ouviu o carpete encharcado fazer *plof* sob seus pés. Em pé na soleira da porta, com um olhar desnorteado, sua mãe viu o balde e as roupas de neve de Max. Abaixou-se para tocar o chão e sorveu uma rápida golfada de ar.

— Foi você quem fez isso? — perguntou.

Max aquiesceu e deu de ombros ao mesmo tempo.

— Max, que *bicho* deu em você?

Ele não conseguia se lembrar. Seus pensamentos haviam tornado a correr para dentro de uma dúzia de minúsculos buracos.

Ela passou alguns minutos praguejando, usando os termos mais exuberantes de sua linguagem, antes de tornar a fazer a mesma pergunta:

— *Que bicho deu em você?*

— Não sei.

— Você não *sabe?*

— É difícil de explicar.

Ela agora estava ajoelhada no chão.

— Isto aqui não é nada bom, Max. Essa água toda... Pode vazar para as vigas. Pode causar danos permanentes na casa.

Essa notícia deixou Max à beira das lágrimas. Ele queria que aquilo fosse temporário. Queria que tudo estivesse terminado na hora do jantar. Agora, a possibilidade de ter estragado a casa imprimiu ao dia uma infinidade que fez as luzes dentro dele se apagarem.

Sua mãe saiu do quarto. Max ouviu armários abrindo e fechando enquanto ela praguejava baixinho consigo mesma. Passou longos minutos fora do quarto. Então voltou com uma pilha de toalhas.

— Venha aqui. Vou ajudar você a limpar.

Espalharam toalhas pelo chão para tentar absorver a água. Enquanto estavam de joelhos, ela reparou na água sobre as bonecas, nas fotografias se desmilinguindo na parede.

— Ai, meu Deus — gemeu ela. — As paredes? As *paredes?* Mas qual é o problema com você, droga?

Max estava se perguntando a mesma coisa a seu respeito.

Sua mãe saiu do quarto e desceu a escada. Max passou vários minutos sem ouvir nada, mas não ousou se mexer. Ouviu o carro ser ligado e roncar um pouco. Será que ela estava saindo? Então ela desligou o motor. Por fim, ele a ouviu subindo de novo a escada, e logo ela estava de novo a seu lado, de joelhos, ajudando com as toalhas no chão.

— O que aconteceu com vocês dois? — perguntou ela. — Vocês eram tão amigos.

Isso deixou Max mais arrependido do que antes.

— Não sei — balbuciou ele.

Ela deu um suspiro que encheu o quarto.

— Eu preciso que você ajude a segurar esta casa, Max, preciso mesmo — disse ela. — Preciso que você seja uma força de estabilidade, não de caos.

Max aquiesceu, sério. *Segurar esta casa. Força de estabilidade.* De quatro no chão, Max e a mãe continuaram a estender toalhas pelo carpete, tentando absorver a água que encharcava o chão.

5.

Max jantou no quarto, plano de ação que parecia o mais sensato para todos os envolvidos. Podia ouvir Claire, a mãe e Gary no andar de baixo, os cliques e estalos de uma refeição silenciosa. Ele ainda não tinha pedido desculpas, e Claire também não, e na sua opinião permitir a quase morte do irmão era pior do que encharcar o quarto da irmã. Depois do jantar, ele a ouviu saindo de casa para ir fazer um bico como *babysitter* do outro lado do rio.

Quando teve certeza de que ela já havia saído, Max entrou discretamente no escritório da mãe em um canto da varanda de trás, onde ela havia montado uma escrivaninha e duas prateleiras. A varanda dava para o quintal dos fundos, negro sob a noite fria, sem nada a não ser troncos cinzentos de árvore, com seus dedos ossudos beliscando folhas quebradiças e trêmulas.

Sua mãe estava ao telefone, digitando ruidosamente no computador como alguém que finge estar digitando no computador. Tlec-tlec, tchh-tlec, tlec-toc-tlec. Seus cabelos pretos compridos caíam para a frente, cobrindo as bochechas; havia um fio colado a seus lábios. Ela pareceu reparar em Max, mas não olhou diretamente para ele.

Max entrou no escritório, mantendo-se junto à parede. Quase derrubou uma fotografia do lugar onde estava pendurada, mas a ajeitou. Na foto, uma dúzia de amigos da mãe haviam se juntando para uma festa de Ano Novo que ela dera em casa. Max tivera permissão para ficar acordado até a meia-noite, "correndo de um lado para o outro feito um maluco desvairado", segundo tinha dito um dos amigos da mãe, rindo e segurando uma bebida na mão. Já bem tarde da noite, eles haviam acendido uma pequena fogueira no quintal, onde assaram primeiro um leitão e depois *marshmallows*, e os convidados beberam até todos desmaiarem pelo quintal, pela sala e pelos quartos do andar de cima. A foto mostrava todo mundo alerta e sóbrio, mas Max sabia que as coisas depois tinham mudado: alguém tinha se escondido no banheiro, dois dos homens brigaram, e adultos se espalharam por todo o chão agarrando-se entre si e agarrando Max. Em determinado momento, alguém sumiu na mata e passou horas perdido. "É a última vez que faço isso", disse sua mãe depois da festa, embora no saldo global todos concordassem que havia sido divertido.

Como o telefonema da mãe estava demorando, pareceu uma boa ideia começar a engatinhar, então Max ficou de quatro no chão e engatinhou rente à parede até chegar à janela dos fundos. Respirou pesadamente sobre a vidraça fria, formando um oval irregular de hálito condensado. Ali desenhou uma maçã, apreciando o traço nítido formado por seu dedo.

Ao telefone, a voz de sua mãe soava fraca e hesitante.

— Você sabe exatamente do que Holloway não gostou no relatório? — perguntou, afastando os cabelos da testa.

Os olhos de Max se fixaram em alguma coisa debaixo da escrivaninha: um clipe de papel vermelho dobrado no formato de um dragão. Não queria atrair atenção, então engatinhou o mais lentamente possível em direção ao clipe de papel e pegou-o. O clipe era revestido de borracha e tinha uma textura agradável. Em um pedaço mais ou menos do mesmo tamanho de arame revestido de borracha, seu pai certa vez tinha usado um canivete suíço para remover a borracha e depois dobrado o arame no formato de um cisne. Seu pai era capaz de fazer qualquer coisa com um canivete suíço — na verdade, com qualquer canivete ou faca. Ele fabricava coisas com as mãos e depois as jogava para Max como quem diz: É só uma coisinha. Fique para você se achar que vale a pena. Max havia guardado tudo que seu pai tinha fabricado: cisnes, ioiôs, uma pipa feita com pergaminho e varetas catadas no quintal.

— É que eu não sei por onde começar — disse sua mãe. — Tenho a sensação de que preciso recomeçar do zero, mas mesmo assim não sei o que ele quer. — Sua voz tremia, e ele quis fazer alguma coisa para que ela se sentisse mais forte. Muitas vezes, quando ela parecia chateada, quando alguém a estava fazendo chorar ao telefone, ele ficava sem saber o que fazer. Mas nesta noite achou que tinha a solução.

Levantou-se do chão e fez uma pose de robô. Ele sabia imitar robôs muito bem, e já tinham lhe dito isso várias vezes. Entrou no campo de visão periférico da mãe, andando e emitindo sons de robô — um robô que mancava um pouquinho, decidiu. Ela já tinha rido disso antes, e ele achou que talvez fosse rir agora também.

— Tenho a sensação de que foi isso que eu fiz — disse sua mãe ao telefone. — Não foi isso que eu entreguei?

Por fim, ela viu Max e forçou um sorriso. Ele continuou andando, virando a cabeça para sorrir para ela, fingindo não perceber que estava prestes a trombar com a parede. Tum. Ele trombou com a parede.

— Aaiii, nãããoooo — disse, com uma voz metade robô, metade Bisonho. — Aaiii, nãããoooo — tornou a gemer, tentando atravessar a parede, girando inutilmente os braços de robô.

Ela riu, primeiro em silêncio, depois em voz alta. Soltou ar pelo nariz. Precisou tapar o fone para que não a escutassem.

— Tudo bem — disse ela, recuperando-se. — Não tem problema. Acho que tenho que começar e pronto. Vou estar com isso pronto de manhã. Obrigada, Candy. Desculpe ligar para você em casa. Vai ser a última vez. Nos vemos amanhã.

Ela desligou o telefone e olhou para Max.

— Venha cá — falou.

Ele se aproximou da mãe, a testa na mesma altura da sua. Ela abraçou Max rápido e o apertou. Aquilo foi tão súbito, e o abraço tão forte — os braços dela praticamente vibravam —, que Max soltou um arquejo.

— Ai, Max. Você me deixa feliz — disse ela, beijando-o com força no cocuruto. — Você e Claire são as únicas coisas que me fazem seguir em frente.

O abraço dela ficou mais apertado, apertado demais para ser só para ele.

Houve um longo silêncio. Max pensou se deveria pedir desculpas, porque estava mesmo arrependido. Mas não conseguiu encontrar a palavra *Desculpe*. Só conseguiu encontrar palavras como *Eu quero morar debaixo da cama* e *Por favor me aceite de volta* e *Socorro*.

— Tem alguma história para me contar? — perguntou ela.

Max não tinha nenhuma história pronta.

— Tenho — respondeu ele, esticando a palavra o máximo possível enquanto pensava em alguma coisa. Ela gostava de ouvir suas histórias e as digitava no computador à medida que ele falava. Ainda tentando pensar no que contar, ele se deitou debaixo da escrivaninha, lugar de onde em geral narrava suas histórias. Gostava de ficar lá embaixo, com os pés da mãe pousados em cima de sua barriga, de uma posição em que pudesse ver o rosto dela — para avaliar sua reação à história conforme esta avançava — e seus dedos sobre o teclado. Precisava vê-la digitar para ter certeza de que estava anotando tudo.

Começou a contar:

— Era uma vez uns prédios. Eram uns prédios bem grandes, e sabiam andar. Então um dia eles levantaram e saíram da cidade. E tinha também uns vampiros. Os vampiros queriam transformar os prédios em vampiros, então saíram voando e atacaram os prédios. Eles morderam os prédios. Um dos vampiros mordeu o prédio mais alto, mas os dentes dele quebraram. Depois o resto dos dentes caiu. E ele chorou, porque nunca mais iam crescer dentes novos. E os outros vampiros perguntaram *Por que você está chorando, não eram só os seus dentes de leite?* E o vampiro respondeu *Não, eram meus dentes permanentes.* E os vampiros entenderam que ele não podia mais ser vampiro, então deixaram ele lá. E ele não podia ser amigo dos prédios porque os vampiros tinham matado todos os prédios.

— É esse o final? — perguntou a mãe.

— É — disse Max.

A mãe terminou de digitar e sorriu tristemente para Max embaixo da mesa.

— Fim — disse ele.

Ela continuou a massagear a barriga do filho com os pés. A sensação era gostosa e terrível, e ele estava muito cansado, tão cansado, incrivelmente cansado em todo o seu ser.

6.

O dia amanheceu tranquilo, cor de creme. Max ficou na cama até depois de Claire sair, então se esgueirou até o quarto da irmã. Por enquanto, a colcha de sua cama havia sido substituída por um saco de dormir. A parede onde ele havia encharcado suas colagens de fotos estava vazia. Descalço, ele podia sentir a água fria ainda entranhada no carpete. Ajoelhou-se e descansou a cabeça no chão. Não conseguiu ouvir nenhum rangido nas vigas, nenhum sinal de dano permanente. Mas havia perigos, tinha certeza, que não podiam ser vistos nem ouvidos, fraquezas estruturais que poderiam ceder de repente.

No andar de baixo, Max ficou sentado sozinho no sofá, tomando café da manhã — cereal, suco de *grapefruit* e duas bananas. Estava lendo o caderno de esportes do jornal, hábito que o pai havia incentivado; antes mesmo de Max completar dois anos, tinha começado a tomar café ao lado do pai de manhã, os dois aninhados em uma das pontas do sofá, lendo os quadrinhos, depois o caderno de esportes e às vezes os classificados de imóveis.

— Ei, Max — disse Gary da cozinha. — Você sabe onde sua mãe guarda o café?

— No armário debaixo da pia — respondeu Max.

Ele ouviu Gary abrir e fechar o armário.

— Tem certeza?

Aquele era o único prazer que Max obtinha por ter Gary dentro de casa. Gary era incapaz de se lembrar onde ficava qualquer coisa na cozinha, e parecia ser o adulto mais fácil de enganar que Max já havia conhecido. Isso tornava excessivamente fácil para Max esconder algo diferente a cada dia, cada dia um elemento essencial distinto do café da manhã de Gary, e depois fingir ajudá-lo a encontrar. Em um dia era o café; em outro, os filtros; em outro ainda, a limonada que Gary gostava de tomar; e no dia seguinte era a colher dosadora de que Gary precisava para medir a quantidade correta de limonada em pó que punha no copo. Um dia, Max substituiu os *muffins* ingleses fresquinhos de Gary por outros, mofados, que sua mãe havia acabado de jogar no lixo. Em outro dia, Max pôs a manteiga no *freezer* e, lá do sofá, ouviu Gary estragar seu *muffin* tentando forçar a manteiga congelada para dentro das reentrâncias e sulcos do bolinho.

— Quem sabe está no armário perto do corredor? — sugeriu Max.

Gary abriu o armário perto do corredor, passou algum tempo olhando lá dentro, e por fim Max ouviu a porta se fechar.

— Espere aí. Acho que talvez na geladeira — disse Max. — Mamãe leu alguma coisa sobre guardar o café na geladeira, que é o jeito certo de fazer.

— Obrigado, amigão — disse Gary. Então a porta da geladeira abriu e fechou. Um minuto depois veio a voz de Gary. — Droga — disse. — Achei que dessa vez fôssemos encontrar.

— Ah, que chato — disse Max.

E o melhor de tudo era que sempre que Max fazia essa brincadeira — só algumas vezes por semana, para não despertar suspeitas — Gary parecia pensar que os dois estavam fazendo aquilo juntos, que Max fazia todo o possível para ajudar. Na cabeça de Gary, os dois eram aliados.

— Bom — disse Gary entrando no *hall*. — Acho que vou ter que ir tomar um café de verdade no Monaco's, não é?

Max assentiu, sem ter a menor ideia do que significava aquilo, e voltou ao jornal. Alguns segundos depois, ergueu os olhos e viu Gary sentado no banco junto à porta da frente. Max nunca havia pensando em se sentar naquele banco, que era usado para jornais, correspondências e outras coisas a caminho das gavetas ou da lixeira. Nesse dia, o banco também abrigava um delicado pássaro de barro que Max tinha feito na aula de artes, um pássaro azul com uma dúzia de palitos espetados no corpo; o professor de arte, o sr. Hjortness, o havia batizado de Pássaro Baiacu Azul, e Max gostava muito desse nome. Então Gary, com um gesto delicado, porém rápido, empurrou o passarinho para o lado, a fim de abrir espaço para o próprio traseiro. Depois esticou a mão para baixo, procurando alguma coisa sob o banco. Havia muitos sapatos debaixo do banco, todos de Max, de sua mãe ou de Claire. Agora os sapatos de Gary também moravam ali, e isso não parecia certo.

— Ei, Max — disse Gary, sem olhar para o menino. Estava amarrando seus pequenos sapatos, que pareciam duas enguias, estreitos e feitos de um couro artificial preto de má qualidade, e falando ao mesmo tempo. — Max... Max... O que é que rima com Max?

Max estava pouco ligando para o que rimava com Max. Queria que Gary primeiro parasse de falar, depois que fosse embora da sua casa.

Gary, que havia terminado de amarrar os sapatos, ergueu os olhos.

— Ei, Max. Você sabe onde a sua mãe guarda as ferramentas?

Max nunca tinha visto ferramentas na casa. Pelo menos não desde que seu pai fora embora.

— Já olhou na cozinha? — perguntou Max, reprimindo uma risada. Ouviu Gary começar a andar na direção da cozinha e então estacar.

— Na cozinha? Por que é que um martelo estaria guardado na cozinha? — perguntou Gary. Ele realmente não tinha nenhum senso de humor, graças a Deus.

Então foi se postar outra vez na frente de Max. Estava olhando para o próprio carro através da janela, um sedã branco caindo aos pedaços.

— Não que eu seja jeitoso nem nada disso — Gary falou, fazendo o gesto de quem gira uma ferramenta para ilustrar o "jeitoso". — É que eu não estou conseguindo abrir o porta-malas do carro. Preciso de um martelo grande ou algo assim. Às vezes só mesmo um martelo para resolver as coisas, não é mesmo?

Max não conseguiu pensar em uma boa resposta para essa besteira, então voltou ao caderno de esportes.

— Bom — disse Gary enfiando os braços pálidos e sardentos nas mangas do casaco. — Mais um dia, hein?

Max tornou a dar de ombros sem erguer os olhos.

Gary deu alguns passos em sua direção; de repente, ficou perto demais.

— Escute. Eu estou tentando fazer a sua mãe feliz.

O rosto de Max ficou quente. De vez em quando, Gary resolvia fazer uma declaração assim, declaração destinada a definir exatamente o motivo de ele estar dormindo na sua casa umas três noites por semana. E Max sempre torcia para esses instantes terminarem o mais rápido possível. Sentiu Gary bem próximo, em pé à sua direita, tentando cruzar olhares com ele. Max ficou encarando tão fixamente a tigela de cereal que teve certeza de estar conseguindo ver os microscópicos componentes químicos que formavam cada floco.

— Deixe para lá — falou Gary por fim. Ele andou até a escada. — Tchau, Connie — gritou.

— O quê? — gritou sua mãe para o andar de baixo.

Gary balbuciou alguma coisa consigo mesmo e, voltando para o *hall*, começou a procurar alguma coisa nos bolsos. Não encontrou, então espiou a cumbuca de moedas em cima do banco. Era uma cumbuca de prata, vestígio de algum aniversário de casamento, e vivia cheia de moedas, alfinetes, fivelas de cabelo, canetas e lápis. E agora estava ocupada pela mão mole e rosada de Gary. Max ficou olhando enquanto os dedos de Gary iam tocando as moedas reluzentes, escorregando para lá e para cá. Parecendo os tentáculos de uma lula levando comida até sua boca escancarada, os dedos reuniram umas dez moedas de vinte e cinco *cents* no centro suado do punho fechado de Gary. Ele largou o butim dentro do bolso dianteiro da calça e saiu.

Segundos depois, a mãe de Max apareceu no *hall* com a cabeça inclinada para o lado, ajeitando um brinco na orelha.

— Alguém gritou lá para cima — disse ela. — Foi você?

Max fez que não com a cabeça. Juntos, olharam para fora. Gary estava se espremendo dentro de seu velho carro branco todo enferrujado. Tossindo uma fumaça azul, o carro ganhou vida com um tremelique e Gary se foi.

7.

— Está pronto? — perguntou-lhe a mãe.

Max não queria ser levado de carro para a escola, mas não tinha escolha. A sua escola não tinha mais ônibus. De toda forma, só poucos pais deixavam os filhos andarem de ônibus escolar, então no ano anterior a escola havia se livrado definitivamente do ônibus. Ninguém reclamou nem sentiu falta.

Ir de bicicleta para a escola não era mais possível. Quando já fazia um mês que ele estava indo para a escola de bicicleta, um dos pais de alunos, o sr. Neimenov, tinha reclamado. Primeiro com a mãe de Max, depois com o pai de Max, e finalmente com o diretor. De acordo com ele, o fato de Max andar de bicicleta desacompanhado poderia atrair potenciais sequestradores e molestadores de crianças. "Do mesmo jeito que lojas de bebidas atraem bêbados", tinha escrito ele em um bilhete para a mãe de Max, "um menino de oito anos andando de bicicleta sozinho atrai todo tipo de gente indigesta..."

Ao ver que os pais de Max não reagiam, o sr. Neimenov tinha abordado o assunto na escola, e eles rapidamente cederam.

Não foi sequer uma batalha. Para começo de conversa, a escola não tinha nem bicicletário. Max era o único aluno a ir de bicicleta para lá.

A melhor coisa em relação às quintas-feiras era que as quintas-feiras eram dia de aula de ginástica. Na verdade, as quintas eram o único dia da semana em que havia ginástica. E, por causa dos cortes de orçamento e das novas prioridades e dos dias de teste em toda a escola duas vezes por semana, só havia doze dias de ginástica por ano. Então Max fazia questão de aproveitar ao máximo cada um deles. Correu até o pátio de asfalto — a escola tinha coberto o gramado com alfalto para economizar dinheiro e poder comprar mais formulários de múltipla escolha para as provas — e entrou na fila.

— Então, pessoal — disse o sr. Ichythis à turma —, como vocês sabem, só temos um dia para cada esporte, então hoje é o nosso dia de futebol. Para jogar futebol, nós usamos esta bola aqui — disse, erguendo uma bola de vôlei —, e o objetivo do jogo é chutar a bola para dentro daquela rede ali. — Ele apontou para um dos gols, depois de repente pareceu perceber alguma coisa. — Ou daquela rede ali — disse, apontando com a cabeça o gol do lado oposto. — Para dentro de qualquer uma das duas, eu acho.

Dito isso, ele apitou e jogou a bola para cima. As crianças se espalharam na mesma hora. Metade delas correu em direção à bola, a outra metade em direção às laterais do campo.

Max já havia aprendido que só algumas crianças tinham o preparo emocional necessário para esportes de equipe. E mesmo algumas das crianças aparentemente atléticas eram propensas a ataques de choro. Sempre que havia uma bola e uma rede — no futebol, no basquete, no tênis —, havia também chororô. Até mesmo no seu time de futebol de fim de semana, em todos os treinos e em todos os jogos alguma criança chorava. Choravam quando alguém encostava nelas, choravam quando erravam a bola, choravam quando o outro time fazia gol. Choravam ao se ver diante de qualquer possibilidade de dúvida ou decepção. Choravam automaticamente, choravam quando não sabiam mais o que fazer.

Max, porém, sabia o que fazer. Estava no campo de futebol para chutar, perseguir, avaliar, correr, dar carrinhos e marcar gols a qualquer momento. Quando estava jogando, tinha uma sensação de controle e de ordem que não se comparava a nenhum outro momento de sua vida. Sabia para onde estava indo a bola; sabia onde estavam os outros jogadores e sua provável trajetória; em qualquer momento do jogo, sabia exatamente o que devia ser feito.

Ele também tinha consciência do que precisava ser evitado, e quando. Naquele exato instante, Dan Cooper descia pela lateral do campo, driblando em direção ao gol. Cabia a Max evitar isso, então ele se transformou em um míssil e registrou as coordenadas de Dan. Max rapidamente o alcançou e, quando chegou à distância certa e Dan estava prestes a chutar para o gol desprotegido — o goleiro estava escondido atrás da trave —, Max desarmou Dan Cooper com um carrinho de grande violência e terrível precisão.

Max já estava correndo na outra direção, subindo para o ataque com a bola e rezando para Dan não chorar, quando o apito o deteve.

— Falta — disse o sr. Ichythis.

O carrinho tinha sido regular, mas as crianças na lateral do campo lançavam olhares desaprovadores para Max.

— Selvagem — sibilou uma menina. Dan de fato estava chorando, sem fazer ruído, copiosamente, como quem lamenta toda a tristeza e injustiça do mundo.

— Que tipo de falta? — indagou Max.
— Pênalti — disse o sr. Ichythis.
— Por quê? — perguntou Max.
— Por derrubar o Dan — disse o sr. Ichythis. — Vá para o banco dos pênaltis e dê um tempo, está bem?

Não havia banco de pênaltis naquele esporte, mas Max não estava com nenhuma vontade de explicar isso a ele. Diante de um festival de cenhos franzidos desaprovadores das meninas e dos meninos que não estavam jogando, Max saiu do campo e entrou na escola. Já estava quase na hora do almoço mesmo.

Na aula de ciências, o sr. Wisner havia acabado de falar sobre a triste sorte de Plutão, o menor e mais distante dos planetas, que durante muito tempo havia sido relegado à periferia do universo e nem era mais um planeta. Plutão agora não passava de um pedregulho no espaço.

Max tinha os olhos erguidos para a maquete do universo pendurada no teto quando alguma coisa que o sr. Wisner estava dizendo atraiu sua atenção.

— O sol, é claro, é o centro do nosso sistema solar — dizia o professor. — É por isso que todos os planetas estão aqui. É o sol que cria o dia e a noite, e é o calor da sua luz que torna o nosso planeta habitável. É claro que o sol nem sempre vai estar aqui para nos aquecer. Como todas as outras coisas, o sol um dia vai morrer. Quando isso acontecer, ele primeiro vai se expandir e engolir todos os outros planetas à sua volta, inclusive a Terra, que vai consumir rapidamente...

Max não estava gostando nem um pouco daquela história. Olhou em volta. Nenhum dos outros alunos parecia estar prestando atenção.

O sr. Wisner prosseguiu:

— Afinal de contas, o sol não passa de um combustível queimando de forma muito intensa, e quando essa nossa estrela específica, que é uma estrela totalmente comum, devo dizer, quando essa nossa estrela ficar sem combustível, nosso sistema solar vai escurecer para sempre...

Max sentiu um enjoo no estômago. Alguma coisa nas palavras *escurecer para sempre* não lhe caía muito bem. Aquela era a pior aula que Max já tinha tido na escola, e ainda faltavam quinze minutos. O sr. Wisner se virou e pegou um mapa-múndi.

— Mas antes disso a raça humana provavelmente vai sucumbir a diversas calamidades, autoinflingidas ou não: guerras, mudanças climáticas radicais, meteoros, enchentes e terremotos espetaculares, supervírus...

Ele então tornou a se virar para os alunos com uma expressão quase alegre no rosto.

— Xi, que deprimente esta minha conversa, não é? Mas vejam pelo lado positivo: vocês e todas as pessoas que vocês conhecem já não vão estar aqui há muito tempo! Quando o sol se apagar e o mundo for engolido feito uma uva pela trama em decomposição do espaço, nós já vamos estar esquecidos há muito tempo na progressão infinita do tempo. Afinal de contas, a raça humana não passa de um suspiro no longo e ruidoso sono deste mundo e de todos os mundos que estão por vir. Muito bem, por hoje é só. Tenham um ótimo fim de semana.

8.

Max muitas vezes era o último a ser pego, mas isso não tinha muita importância. Ele passava a maior parte do tempo entendiado no Centro Extraescolar Amor para Dar, então não havia nada de mais em ficar entendiado enquanto esperava a mãe ir buscá-lo. Ficou sentado nos degraus da varanda escutando o carro da mãe fazer a curva ao som de engasgos e chacoalhadas.

Fazia um ano que ele frequentava aquela escola. Segundo sua mãe, a escola que ele frequentava antes tinha começado a ficar exigente demais em questões de dinheiro, então um dia ele se mudara para essa de agora, que, segundo ela, tinha modalidades de pagamento mais *compassivas*.

O encarregado da Amor para Dar era um baixinho magrelo chamado Perry. Ele estava tentando deixar a barba crescer, mas parecia um cão sarnento; nenhuma das áreas barbadas de seu rosto estava interligada.

Quando a mãe de Max encostou em frente à escola, Perry acenou e começou a andar na direção de seu próprio carro.

— Boa noite, Max.

Max não correu até o carro da mãe e tampouco andou devagar. Dessa forma, o trajeto pareceu levar semanas.

Max entrou no carro e fechou a porta. Sentou-se no banco da frente, porque uma vez por semana podia andar na frente.

— Oi, Maxie — disse a mãe, fazendo-lhe um carinho no joelho.

— Oi — respondeu ele.

— Oi, senhor Perry — disse ela, acenando. — Isto vai me custar vinte dólares — disse ela para Max enquanto saía com o carro. Cada minuto de atraso custava um dólar. Era a regra.

Claire estava no banco de trás, com os pés apoiados no encosto do banco de Max. Nem sequer olhou na direção do irmão, então ele não lhe disse nada. Era evidente que nenhum dos dois estava disposto a recuar e pedir desculpas, e Max pressentiu que aquela seria igual a centenas de outras brigas que os dois já tinham tido: seria guardada precariamente no armário abarrotado de tudo que já tinham feito um com o outro, bem segura atrás da porta, até o dia em que alguém tornasse a girar a maçaneta.

Agora que o carro havia recomeçado a andar, ela retomou uma conversa iniciada antes da chegada de Max.

— Você não vai mesmo? — perguntou Claire, parecendo espantada. Estavam conversando sobre algum tipo de *show* de talentos de que ela iria participar.

— Eu não posso, Claire — disse a mãe de Max. — Não posso tirar a tarde de folga. Não agora. Você sabe disso. Ponha o cinto.

Claire ignorou a ordem da mãe.

— Por que você não pede logo demissão? E manda o Holloway se "f"?

Elas estavam falando sobre o chefe da mãe. Falavam com frequência sobre o chefe da mãe. Claire sabia tudo sobre o emprego da mãe e lhe dava conselhos sobre como agir.

— Pensei que tivéssemos decidido que eu ia segurar as pontas por pelo menos um ano e depois...

— Mas ele não está levando você a sério — interrompeu Claire. — Você disse que ele deveria ter aumentado o seu salário se você terminasse o curso. Na avaliação ele falou...

— Eu sei, mas você não acha que...

— Eu conversei com o papai e ele disse que você deveria...

— Não! — protestou a mãe, seca. — *Não...* — repetiu, respirando fundo e cerrando os punhos. — *Não* fale com o seu pai sobre o meu trabalho. Ele tem opiniões demais sobre mim. Eu sei que você e ele acham que esta casa é um fracasso, Claire, mas ele é justamente a voz que eu não preciso escutar agora...

Max estava tão cansado daquele tipo de discussão que não sabia o que dizer nem o que pensar. Já havia tentado impedir aquelas conversas antes, mas tudo que tinha conseguido era que as duas se virassem contra ele ao mesmo tempo, e isso ele não queria. Era melhor esperar passar. Alguma coisa atraiu a atenção da mãe.

— Ih — disse ela, olhando pela janela. — Está vendo aquilo? Você sabe o que é aquilo, Max? Prenda a respiração. — O tráfego estava parado em três pontos do cruzamento para deixar passar uma fila de carros pretos. Max prendeu a respiração.

Quando os carros foram embora, Max se lembrou de contar à mãe o que tinha aprendido na aula do sr. Wisner.

— A gente hoje estudou os planetas.

Sua mãe não disse nada. Claire não disse nada. Era como se Max na verdade não tivesse falado. Mas ele tinha certeza de que tinha falado.

— Você ouviu o que eu disse? — perguntou Max.

Sua mãe tinha os olhos apertados fitando alguma coisa ao longe, como se na sua mente ainda estivesse discutindo com Claire, ou com o chefe, ou com o pai de Max. Ela fazia isso todos os dias, em geral quando estava dirigindo.

— O senhor Wisner disse que o sol vai morrer — falou Max.

— Depois que você, eu e todas as outras pessoas já tiverem ido embora. — Ele olhou para a mãe à espera de alguma resposta, mas a profundidade do que havia acabado de dizer parecia não ter causado nenhuma impressão. — Você sabia disso? — perguntou.

Continuou sem resposta. Virou-se para Claire, mas ela estava de olhos fechados. Uma música metálica escapava de seus fones de ouvido brancos.

Max tornou a se virar para a mãe.

— Dá para impedir isso de acontecer?

Então a mãe se virou para ele, finalmente concentrando toda a atenção no filho.

— Sabe, Max — disse —, eu espero que você trate as mulheres de uma forma decente, espero mesmo. Espero que nunca tenha um relacionamento com uma mulher que você não respeite.

Isso não parecia ter nada a ver com os planetas nem com o sol, mas Max passou um segundo pensando a respeito e respondeu com uma voz mais baixa do que pretendia:

— Tá bom.

Os carros pretos já haviam passado, e sua mãe atravessou o cruzamento.

— Sério — disse ela. — Estou falando sério.

— Não vou fazer isso — disse Max. — Ou vou fazer. — Ele não conseguia se lembrar de qual era a resposta que deveria dar.

Passaram algum tempo andando no carro em silêncio. Max começou a decifrar a mensagem que sua mãe tinha lhe transmitido. Ela fazia isso periodicamente, lançando-lhe conselhos daquele tipo. Ele havia começado a anotá-los, esperando que fossem fazer sentido no futuro.

— Só tente ser uma pessoa decente — acrescentou ela, encerrando o assunto. Ele aquiesceu, olhou pela janela e viu a cidade bem lá atrás, a cidade onde seu pai morava, parecendo uma minúscula pilha de pedras cinzentas no meio do mar.

9.

Max decidiu sair para um passeio rápido de bicicleta antes do jantar. Estava indo avisar à mãe que ia sair, mas depois mudou de ideia, paciência. Ela estava ocupada com Gary mesmo. Gary estava refestelado no sofá, tomando vinho tinto e assistindo a um dos musicais de que os dois gostavam. Toda noite passava algum musical na TV.

Max saiu para a noite fria e começou a pedalar depressa pelo acesso da garagem. Precisava pensar, e só conseguia fazer isso quando estava andando de bicicleta ou construindo coisas, e queria estar andando de bicicleta, para pensar com o sangue latejando e enchendo sua cabeça.

Pedalou segurando o guidom só com uma das mãos, depois sem segurar o guidom, depois com a cabeça jogada para trás, apertando os olhos para ver melhor as estrelas que surgiam. Começou a assobiar baixinho para si mesmo, depois mais alto, depois começou a cantarolar, depois pôs-se a cantar bem alto. A noite estava silenciosa e ele sentiu vontade de rasgá-la ao meio com a própria voz.

— Ah, cale a boca aí — disse a voz de alguém.

Max reconheceu aquela voz. Era o sr. Beckmann. Max havia acabado de passar por ele e seu cachorro, Aquiles.

Max deu meia-volta com a bicicleta.

— Cale a boca *você*, sua velharia — disse Max.

O sr. Beckmann riu alto. Era um homem bem velho, que devia ter uns oitenta ou uns cem anos, morava mais embaixo na rua, e muitas vezes era visto caminhando a passos lentos e regulares, durante horas a fio, pelas ruas, trilhas e matas, sempre na companhia de Aquiles, um cachorro que tinha facilmente o mesmo tamanho de Max e uma postura aristocrática. O animal era de raça tão pura e tão bem cuidado que parecia o pastor alemão de uma ilustração de dicionário. Aquiles conhecia bem Max, e já estava se deitando de lado, pedindo para Max coçar sua barriga.

Max largou a bicicleta e coçou a barriga do cachorro.

— Então, Maximilian — disse o sr. Beckmann. — Como diabos você está?

— Tudo bem, acho — respondeu Max. — Me encrenquei de novo.

— Ah, é? O que foi que você fez desta vez?

Os olhos do sr. Beckmann eram perigosamente alertas, emoldurados por sobrancelhas tão grossas e tão maliciosamente arqueadas que ele parecia estar o tempo todo tramando algum plano grandioso e imbecil.

Max lhe contou como havia encharcado o quarto de Claire com água.

— O que você usou? — perguntou o sr. Beckmann. — Um balde?

Max assentiu.

— É, eu também teria usado um balde.

Era por isso que Max adorava o sr. Beckmann: os dois eram iguais. O velho parecia ter percorrido cerca de sete décadas de vida adulta sem esquecer um só instante da própria infância — o que amava e o que detestava, o que temia e o que cobiçava.

Max e o sr. Beckmann ficaram por alguns instantes parados, exalando seu hálito cinzento e ruidoso na noite silenciosa.

Max já fora algumas vezes à casa do sr. Beckmann, e a percorrera com cuidado, fascinado com sua coleção de estranhos brinquedos e cartazes antigos. O sr. Beckmann tinha um fraco por King Kong e colecionara vários suveníres e bonequinhos da primeira versão do filme. Havia também delicados bonecos de chumbo, Mickey e Little Nemo, protegidos dentro de vitrines. Havia livros imensos repletos de pinturas, e a casa inteira, na maior parte do tempo, vivia cheia de música, um som clássico, agudo e animado.

Na última vez que Max estivera em sua casa, o sr. Beckmann atendera o telefone, e Max entreouvira uma acalorada discussão entre o velho e um dos novos moradores do bairro. Aparentemente, esse novo morador estava criando caso com o velho barracão no quintal do sr. Beckmann. Era um barracão onde Max ia brincar com frequência e onde ele havia guardado seu estilingue e suas bombinhas. O homem ao telefone achava o barracão um horror, e aparentemente estava propondo ao sr. Beckmann pô-lo abaixo. O sr. Beckmann não gostava dessa ideia tanto assim.

— Se o senhor me ligar de novo — gritou ao telefone —, eu alugo um guindaste, mando levantar esse barracão, levo até a sua casa e largo em cima da sua cabeça.

Max riu, sabendo que aquilo seria o fim das reclamações daquele vizinho. Depois, ele e o sr. Beckmann tinham comido sanduíches de sorvete.

— Então você está encrencado. E daí? — indagou o sr. Beckmann, cujo bafo gelado estava bem visível, cobrindo-o feito uma capa. — Meninos vivem encrencados. Olhe só para você. Nasceu para se encrencar.

Max sorriu.

— É, mas o Gary disse...

— O quê? — interrompeu o sr. Beckmann. — Quem diabos é Gary?

Max explicou quem era Gary, ou quem ele achava que Gary fosse, e o sr. Beckmann sacudiu a cabeça como quem não dá importância ao assunto.

— Bom, já não gostei dele. Afinal de contas, que nome é esse, Gary? Parece artista de circo. Ele é artista de circo?

Max riu.

— Gary Mané — disse o sr. Beckmann. — Quer que eu solte o Aquiles em cima dele? Ele iria engolir Gary Mané com uma mordida.

Max pensou que aquilo era uma ideia bem boa, mas fez que não com a cabeça.

— Não, pode deixar.

Ficaram ali, parados na noite. Ao longe, um cão ou lobo uivou. O sr. Beckmann tinha os olhos erguidos para a larga faixa prateada esticada pela cúpula do céu.

O sr. Beckmann começou a andar em direção à sua casa.

— Bom, nos vemos por aí, Maximilian.

— Até mais, senhor Beckmann — disse Max.

O sr. Beckmann parou, lembrando-se de alguma coisa.

— Lembre-se, o Aquiles está pronto para comer um pouco de Gary.

Max riu e foi pedalando até em casa para jantar.

10.

Max sabia que uma cama beliche era a estrutura perfeita para se usar na construção de um forte dentro de casa. Para começar, beliches têm teto. E um teto era fundamental quando se queria ter uma torre de observação. E você precisava de uma torre de observação se quisesse detectar exércitos invasores antes de eles derrubarem suas muralhas e conquistarem seus reinos. Qualquer um que não tivesse um beliche acharia bem mais difícil estabelecer um perímetro de segurança e, se você não for capaz de fazer isso, não tem chance nenhuma contra ninguém.

Max havia acabado de fazer uma rápida avaliação da área ao redor de seu reino-beliche, e agora estava enfiado sob o beliche de baixo, onde ninguém podia vê-lo nem detectar sua presença. Passou algum tempo pensando no sol e se o sol iria morrer. Pensou se ele também iria morrer um dia. Aquele era um momento muito estranho na vida de Max. Por meio de intermediários, sua irmã tinha tentado matá-lo, e sua mãe não parecia dar a mínima nem para isso nem para o fim do universo. Nesta noite, a pessoa da casa de quem ele mais parecia gostar era Gary, e o simples fato de pensar nisso fez um calafrio percorrer seu corpo. Imaginou se o sr. Beckmann o deixaria morar na casa dele ou, se não na casa, pelo menos no barracão que havia ameaçado jogar na cabeça do vizinho.

Cansado de pensar, Max decidiu pensar no papel, então pegou seu diário embaixo da cama. O pai havia lhe dado aquele diário pouco depois de sair de casa, e havia escrito DIÁRIO DE VONTADES na capa com Liquid Paper. *Neste caderno* — tinha escrito seu pai como dedicatória e instrução — *escreva tudo que você quiser. Todos os dias, ou quantas vezes puder, escreva o que você quer. Assim, sempre que estiver confuso ou sem rumo, pode abrir este caderno e se lembrar de para onde quer ir e do que está procurando.* Seu pai havia escrito à mão três começos em cada página. Todas começavam assim:

EU QUERO
EU QUERO
EU QUERO

Assim, Max havia anotado periodicamente aquilo que queria, e escrito muitas outras coisas também. Nesta noite, porém, ele queria anotar mais vontades, então achou uma caneta e começou.

EU QUERO *que o Gary caia em alguma espécie de buraco sem fundo.*
EU QUERO *que a Claire prenda o pé em uma armadilha para urso.*
EU QUERO *que os amigos da Claire morram devorados por vermes carnívoros.*

Então parou. Seu pai havia lembrado a ele que o diário era para vontades positivas, não negativas. Quando você queria alguma coisa *negativa*, segundo ele, isso não contava. Uma vontade tinha de ser positiva, dissera o pai. Uma vontade deveria melhorar a sua vida ao mesmo tempo que melhorava o mundo, mesmo que só um pouquinho.

Então Max recomeçou:

EU QUERO *sair daqui.*
EU QUERO *ir até a Lua ou outro planeta qualquer.*
EU QUERO *achar um DNA de unicórnio e criar uma porção deles e depois fazer eles darem chifrada nos amigos da Claire.*

Bom. Ele poderia apagar isso depois. Por ora, o simples fato de escrever e de pensar aquilo já fazia bem. Só que agora ele estava cansado de escrever. Queria construir alguma coisa. Mas não queria montar uma coisa inteira com cola e madeira. Não queria ter de usar nenhuma ferramenta. O que ele queria fazer? Essa era a pergunta central do seu dia e da maior parte dos dias.

Max se perguntou como poderia construir um navio de verdade. Já havia desenhado muitos e muitos navios no papel ao longo do ano anterior, e agora pensou se não estaria na hora de construir um de verdade e sair navegando por aí. Seu pai o tinha levado para velejar cinco vezes no verão anterior e havia lhe ensinado as técnicas básicas para pilotar um barco pequeno.

— Você tem um talento natural! — dissera o pai, embora Max tivesse medo do mar aberto, de ondas descontroladas e de baleias orca.

Foi então que Max viu sua fantasia de lobo pendurada do lado de dentro da porta do armário. Fazia muitas semanas que não a vestia. Tinha ganho aquela fantasia três anos antes, de Natal, seu último Natal com os pais juntos; vestira-a na mesma hora e só a tirara no final das férias escolares. Na época, a fantasia estava grande demais para ele, mas sua mãe a havia apertado com alfinetes e fita adesiva para que servisse até ele crescer.

Agora ele e a fantasia tinham o tamanho perfeito, e ele a vestia quando sabia que estaria sozinho em casa, e quando podia se engalfinhar com o cachorro ou pular e rosnar sem ninguém ver. E, embora a casa estivesse cheia, quando Max olhou a fantasia de lobo, ela pareceu estar chamando por ele. *Está na hora*, dizia a fantasia para Max. Ele não estava bem certo de que aquele fosse de fato o momento certo para vesti-la, mas, afinal de contas, nunca havia desobedecido a fantasia antes. Será que deveria realmente vesti-la nesta noite? Em geral, sentia-se melhor quando punha a fantasia de lobo. Sentia-se mais rápido, mais em forma, mais poderoso.

Por outro lado, poderia ficar na cama. Poderia ficar dentro do forte, com o cobertor vermelho a lançar uma luz vermelha sobre tudo lá dentro. Alguns meses antes, já havia passado o fim de semana inteiro dentro do forte. Não conseguia se lembrar do que o tinha levado a fazer isso. Ou talvez sim. Talvez tivesse a ver com Claire e Meika, e como as duas tinham rido ao vê-lo entrar no banheiro com a mão dentro da calça. Elas estavam sentadas na cama de Claire, e era de manhã, e de manhã ele tinha o hábito de ficar com a mão dentro da calça do pijama. Então ele tinha ido ao banheiro fazer xixi e elas tinham rido durante um tempo que pareceu durar muitas horas. E desde então ele nunca mais tinha enfiado a mão dentro da calça.

De toda forma, depois disso ele havia passsado dois dias escondido no quarto. Sua mãe levou-lhe as refeições, e ele jogou Combate contra si mesmo, e jogou cartas contra si mesmo, e pôs seus bichinhos e soldados para lutar uns contra os outros, e leu dois livros sobre guerras medievais.

Então ele pensou se queria simplesmente passar outro fim de semana dentro do forte. Parecia uma ideia razoável. Precisava mesmo pensar, pensar na tal notícia sobre o sol morrer e sobre o vazio que então iria tragar a Terra, e queria ficar longe de Claire, que talvez ainda quisesse se vingar, e estava com raiva da mãe, que parecia se esquecer durante horas a fio que ele existia. E qualquer período de tempo que passasse dentro do quarto era uma garantia de que ele não precisava falar com Gary.

Então ele tinha uma escolha: ficar atrás da cortina pensando nas coisas, mergulhado na própria confusão, ou vestir a fantasia de lobo para uivar, arranhar e deixar bem claro quem mandava naquela casa e em todo o mundo conhecido e desconhecido.

11.

— Auuuuuuu!

O uivo era um bom começo. Animais uivam, assim haviam lhe dito, para fazer os outros saberem que eles existem. Vestindo sua fantasia branca de lobo, Max ficou parado no alto da escada e, usando um pedaço de cartolina enrolado como megafone, tornou a uivar o mais alto que conseguiu.

— AUUUUUUUUUUU!

Quando ele terminou, fez-se um longo silêncio.

— Xi — disse Gary por fim.

Rá!, pensou Max. *Gary que fique preocupado. Todo mundo que fique preocupado.*

Max desceu as escadas triunfante, fazendo um barulhão.

— Quem quer ser devorado? — perguntou para a casa e para o mundo.

— Eu não — respondeu Claire.

Arrá!, decidiu Max. *Isso só a deixa ainda mais apetitosa!*

Ele entrou na sala de TV, onde Claire fingia fazer o dever de casa. Ergueu as garras, rosnou e farejou o ar. Queria ter certeza de que Claire e todos os outros soubessem daquele fato terrível: havia entre eles um lobo sedento de sangue, inteligentíssimo, quase insano.

Claire nem sequer ergueu os olhos.

Pelo menos ela havia falado com ele. Aquilo era uma brecha rumo à reconciliação, então Max teve uma ideia. Retirou uma vareta de madeira de uma cortina próxima. A vareta tinha mais ou menos um metro de comprimento e era marcada por sulcos mágicos longitudinais. Ao ver Max se aproximando com o pedaço de madeira, Claire revirou os olhos.

— Quer brincar de Lobo e Mestre? — perguntou Max.

Claire já tinha voltado a seu livro, esforçando-se para ignorar o irmão. Ela nem sequer precisava dizer Não. Sabia dizer Não de mil maneiras sem jamais pronunciar essa palavra.

— Por que não? — disse Max para a nuca da irmã.

— Será que é porque a sua fantasia de lobo tem cheiro de bunda?

Max rapidamente cheirou a si mesmo. Claire tinha razão. Mas ele era um *lobo*. Que outro cheiro um lobo poderia ter?

— Quer que eu mate alguma coisa para você? — perguntou ele.

Claire pensou por alguns instantes, batendo com o lápis nos dentes de baixo. Por fim, olhou para Max com os olhos brilhando.

— Quero — respondeu ela. — Vá lá e mate aquele homenzinho que está na sala.

Essa ideia tinha um certo charme. Max sorriu ao ouvir Claire se referir a Gary como "homenzinho".

— É — disse Max, animando-se. — Vamos arrancar o cérebro dele e fazer ele comer! Ele vai ter que pensar com a barriga!

Claire olhou para Max como poderia ter olhado para um gato de três cabeças.

— É, vá fazer isso — disse ela.

* * *

Max andou até a sala e viu Gary deitado no sofá ainda com as roupas de trabalho, os olhos de sapo fechados, o queixo totalmente enterrado no pescoço. Max rangeu os dentes e emitiu um rosnado baixo, contido.

Gary abriu os olhos e os esfregou.

— Ãhn, oi, Max. Estou tirando um cochilo depois do trabalho. Como estão as coisas?

Max olhou para o chão. Aquela era uma das perguntas típicas de Gary: *Mais um dia, hein? Como estão as coisas? Não é mole não, certo?* Nenhuma das perguntas dele parecia querer dizer nada que tivesse qualquer significado.

— Legal sua fantasia — disse Gary. — Quem sabe eu compro uma dessas. O que você é, um coelho ou alguma coisa assim?

Max estava prestes a pular em cima de Gary para lhe mostrar exatamente que tipo de animal ele era — um lobo capaz de arrancar a carne do osso com uma só dentada —, quando a mãe de Max entrou na sala. Ela trazia dois copos de um vinho cor de sangue e entregou um deles a Gary. Gary se sentou, sorriu seu sorriso impotente e brindou batendo seu copo no copo da mãe de Max. Foi um espetáculo repugnante e tornou-se ainda mais repugnante quando Gary ergueu o copo para Max.

— Saúde, menino-coelho — disse ele.

A mãe de Max lhe sorriu, e depois sorriu para Gary, achando que o que Gary havia acabado de dizer era de uma esperteza inacreditável.

— Saúde, Maxie — disse ela, e então rosnou para ele de forma brincalhona.

Ela pegou um prato sujo e voltou apressada para a cozinha.

— Claire! — gritou. — Já pedi para você tirar suas coisas de cima da mesa. Está quase na hora do jantar.

* * *

Max entrou na cozinha de braços cruzados, pisando firme e decidido, parecendo um general a inspecionar suas tropas. Farejou o ar ruidosamente, avaliando o cheiro da cozinha e querendo chamar a atenção.

Sua mãe não disse nada, então ele aproximou uma cadeira do fogão e subiu em cima dela. Agora estavam da mesma altura.

— O que é isso? Comida? — perguntou ele apontando para baixo, para alguma coisa bege que borbulhava dentro de uma panela.

Não teve resposta.

— Mãe, o que é isso? — perguntou, agora segurando o braço dela.

— Patê — respondeu ela por fim.

Max revirou os olhos e perdeu o interesse. Patê era um nome infeliz para uma comida infeliz. Max pensou que seria uma boa ideia pular da cadeira para a bancada. Foi o que fez.

De pé em cima da bancada, estava agora mais alto do que tudo e todos. Tinha quase três metros e meio de altura.

— Ai, meu Deus — disse a mãe de Max.

Max se agachou para examinar um saco de milho congelado.

— Milho congelado? Qual o problema com milho *de verdade*? — perguntou ele. Largou o saco sobre a bancada com força, e este emitiu um delicioso ruído de chocalho.

— Milho congelado *é* milho de verdade — disse a mãe de Max, mal prestando atenção. — Agora desça da bancada. E vá dizer à sua irmã para tirar as coisas dela de cima da mesa da sala de jantar.

Max não se mexeu.

— CLAIRE, TIRE AS SUAS COISAS DA MESA DA SALA DE JANTAR! — gritou ele mais ou menos na cara da mãe.

— Não grite na minha cara! — disse ela com um silvo. — E desça dessa bancada.

Em vez de descer da bancada, Max soltou um uivo. Ali onde ele estava, tão perto do teto, a acústica não era muito boa.

Sua mãe o olhou como se ele fosse maluco. E ele era mesmo, porque lobos são meio malucos.

— Sabe de uma coisa? — disse ela. — Você já não tem mais idade para ficar em cima dessa bancada, e não tem mais idade para usar essa fantasia.

Max cruzou os braços e baixou os olhos para ela.

— E você não tem mais idade para ser tão baixinha! E está com a maquiagem borrada!

— DESÇA JÁ daí!

Ele estava começando a processar o que ela dissera sobre ele não ter mais idade para usar a fantasia de lobo. Sentiu que sua raiva começava a ganhar foco. Havia uma fraqueza na voz da mãe, e ele decidiu aproveitá-la.

— Mulher, me dê comida! — berrou. Não sabia de onde tinha tirado aquela frase, mas gostou dela imediatamente.

— Desça da bancada, Max!

Max simplesmente ficou olhando para a mãe. Como ela estava baixinha!

— Vou devorar você! — rosnou ele, erguendo os braços.

— MAX! DESÇA DAÍ! — gritou a mãe. Ela podia gritar muito alto quando queria. Por alguns segundos, ele achou que deveria descer da bancada, tirar a fantasia e jantar sem criar problemas, porque a verdade era que estava com muita fome. Mas então pensou melhor e tornou a uivar.

— Auuuuuu!

Ao ouvir isso, a mãe de Max avançou para agarrá-lo, mas Max se esquivou e conseguiu escapar de suas mãos. Pulou por cima da pia e depois tornou a pular para a cadeira. Ela avançou de novo para pegá-lo e errou. Max soltou uma risada de sarcasmo. Como ele era rápido! Ela tentou segurá-lo outra vez, mas ele já havia se mexido. Deu um pulo, aterrissou no chão e fez um rolamento perfeito. Então se levantou e saiu correndo da cozinha, rindo histericamente.

Quando se virou, viu que a mãe continuava a persegui-lo. Isso era novidade. Ela quase nunca o perseguia até tão longe assim. Quando entraram correndo na sala de estar, Gary percebeu o barulho e a urgência crescentes da perseguição. Pousou o copo de vinho e preparou-se para intervir.

Então, no *hall* de entrada, uma coisa surpreendente e terrível aconteceu: a mãe de Max o alcançou.

— Max! — disse ela, ofegante.

Estava segurando o braço do filho com firmeza. Seus dedos eram compridos, inesperadamente fortes, e ela os enterrou no bíceps de Max. Sob sua mão, todos os músculos e tendões de Max viraram mingau, e ele não gostou nada disso.

— Qual é o problema com você? — perguntou ela aos gritos. — Está vendo o que está fazendo comigo? — Sua voz estava aguda, fora de controle.

— Não, quem está fazendo é *você!* — retrucou ele, com uma voz mais dócil do que pretendia. Para contrabalançar esse sinal de fraqueza, debateu-se esperando que ela o soltasse. Chutou, espernou e, ao fazer isso, derrubou tudo que estava em cima do banco: as moedas, a correspondência e seu delicado pássaro azul, o que havia feito na aula de artes. O pássaro se quebrou e, como as codornas, os pedaços se espalharam por todos os cantos do *hall*.

Isso fez Max e sua mãe se imobilizarem.

Os dois ficaram olhando para o pássaro quebrado.

— Está vendo? Você está fora de controle! — disse ela. — Não vai jantar conosco de jeito nenhum. Seu animal.

Agora, como estava com raiva por ter quebrado o pássaro, com raiva por Gary estar ali, com raiva por ter que comer patê com milho congelado e com raiva por ter uma irmã que era uma bruxa, ele rosnou, se debateu e — a ideia lhe ocorreu tão depressa que ele foi incapaz de resistir — curvou-se para a frente e mordeu o braço da mãe com toda a força de que foi capaz.

Ela soltou um grito e largou-o no chão. Deu um passo para trás, ainda segurando o braço. Começou a se esgoelar feito um animal, com os olhos acesos de medo e fúria.

Era a primeira vez que Max a mordia. Ele estava com medo. Sua mãe estava com medo. Estavam vendo um ao outro com novos olhos.

Max se virou e viu Gary entrando no *hall*. Ele obviamente não tinha certeza do que deveria fazer.

— Connie, você está bem? — perguntou ele.

— Ele me mordeu! — sibilou ela.

Os olhos de Gary se esbugalharam. Ele não fazia ideia do que deveria fazer ou dizer. A quantidade de coisas que estavam acontecendo era avassaladora. Abriu a boca e fez o melhor possível:

— Você não pode deixar ele tratar você assim! — disse.

A mãe de Max lançou-lhe um olhar atônito.

— Que história é essa? O problema sou *eu*? O que você quer que eu faça?

— Alguma coisa! É preciso fazer alguma coisa! — disse Gary, dando alguns passos rápidos na direção de Max.

— *Ele* não tem permissão para falar aqui! — gritou Max, apontando para o homem com olhos de sapo.

Nesse exato instante, Claire irrompeu no *hall*, e ver Claire, Gary e sua mãe, todos olhando para ele como se *ele* fosse o problema, foi a gota d'água para Max. Ele deu o berro mais alto de que foi capaz — um som que era uma mistura de uivo com grito de guerra.

— Por que você está fazendo isso comigo? — bradou sua mãe em um lamento. — Esta casa fica um caos com você!

Aquilo era demais. Max não tinha obrigação de suportar aquilo, nada daquilo, aquela situação toda. Abriu a porta com violência, desceu a varanda com um pulo e saiu noite afora.

12.

O ar! A lua!

Ambos se abriram para ele no mesmo instante. Teve a sensação de estar sendo carregado para longe pela maré. Juntos, o ar e a lua cantavam uma canção arrebatada e maravilhosa: *Venha conosco, menino-lobo! Vamos beber o sangue da Terra e gargarejar com ele com grande audácia!* Max saiu em disparada em direção à rua, sentindo-se livre, sabendo que fazia parte do vento. *Vamos, Max! Venha até a água e veja!* Ninguém podia dizer que ele estava chorando — ele corria depressa demais. Saiu do quintal e começou a correr pela rua.

— Max!

O idiota do Gary o estava perseguindo, tentando correr, resfolegando muito. Max começou a correr mais depressa, quase voando, agitando as mãos para agarrar o ar enquanto passava por todas as casas sendo construídas do zero, pela confusão das obras. Quando olhou por cima do ombro, viu que Gary perdia terreno. Instantes depois, o homenzinho sardento havia parado feito um bobalhão — estava curvado para a frente, segurando a perna. Max continuou a correr, e embora seu rosto estivesse banhado em lágrimas, ele sorria feito um louco. Tinha vencido. Correu até o beco sem saída, onde terminava a rua e começavam as árvores.

Max estava livre de sua casa, de sua mãe, de Gary e de Claire, havia derrotado a todos e corrido mais rápido do que eles, mas não estava pronto para descansar. Correu até sua cabana e passou alguns segundos sentado lá dentro, porém estava agitado demais para ficar parado. Levantou-se e uivou. Alguma coisa no vento e na configuração das árvores e dos arbustos deu mais volume à sua voz; seu uivo rodopiou e se multiplicou pelo céu de um jeito incrível. Ele uivou ainda mais.

Pegou o maior graveto que conseguiu encontrar e começou a bater em tudo que podia. Golpeou com o graveto para lá e para cá, apunhalou árvores e pedras, acertou galhos e derrubou a neve acumulada em cima deles.

Aquela era a única forma como ele queria viver, pensou. Dali em diante, iria morar naquela mata. Tudo que precisava fazer, em algum momento logo mais, seria voltar para casa sem ser visto e pegar algumas coisas: seus canivetes, fósforos, cobertas, cola e corda. Então iria construir uma casa na floresta, bem no alto das árvores, e se incorporar à mata e aos animais, aprender sua língua e planejar junto com eles a destruição de sua casa, a começar pela decapitação e devoração de Gary.

Enquanto planejava sua nova vida, ouviu um barulho. Não era o vento nem as árvores. Era um barulho de alguma coisa sendo arrastada, um barulho aflito. Imobilizou-se, aguçando o nariz e os ouvidos. Tornou a ouvir o barulho. Parecia osso esfregando em osso, embora tivesse um certo ritmo. Seguiu o barulho na direção da água, uns cem metros adiante. Desceu a ribanceira em um trote e chegou ao riacho que conduzia à margem. Foi pulando de pedra em pedra até ver o espelho d'água negro da enseada, partido ao meio pelo reflexo da lua.

Na beira da água, entre os juncos e as ondas que batiam com um ruído suave, detectou a origem do barulho: um barco a vela de madeira de tamanho médio, pintado de branco. Estava amarrado a uma árvore e roçava em uma pedra semissubmersa.

Max olhou em volta para ver se havia alguém. Parecia estranho um barco como aquele, um barco sólido e em perfeitas condições de uso, estar desocupado. Fazia anos que ele ia àquela enseada e nunca tinha visto um barco assim, muito menos sem dono. Não havia sinal de ninguém por ali. Se quisesse, o barco era seu.

13.

Max subiu no barco. Só havia um pouquinho de água no fundo, e quando ele verificou o leme, a vela e a retranca, tudo parecia em perfeitas condições.

Se quisesse, poderia desamarrar o barco e sair velejando pela enseada. Seria melhor do que simplesmente passar o resto da vida na floresta. Poderia velejar até bem longe. Talvez chegasse a algum lugar diferente, algum lugar melhor, e, caso isso não acontecesse — caso se afogasse na enseada ou no oceano mais além —, então que assim fosse. Sua família horrorosa teria de viver para sempre com a culpa. As duas alternativas pareciam boas.

Ele voltou para a margem, desamarrou o barco e empurrou-o para longe da margem.

Endireitou o barco e o direcionou para o centro da enseada. Desfraldou a vela e ajustou a retranca. O vento estava forte; em pouco tempo, ele já estava cortando as pequenas ondas da enseada, rumando para o norte.

Só tinha velejado à noite uma vez na vida, com o pai, e mesmo assim não fora algo planejado. Eles haviam ficado presos na enseada sem vento, e tinham se esquecido de levar um remo. Para passar o tempo, ficaram falando o nome de todas as balas que conseguiam se lembrar, e jogando forca com um lápis de cera no chão do barco. Foi então que ocorreu a Max que ele não tinha consigo nenhum dos itens de segurança que seu pai insistia em ter no barco: colete salva-vidas, remo, sinalizador, um recipiente para retirar água de dentro do barco. Não havia nada a bordo a não ser Max.

E ele estava ficando com frio. Max vestia apenas sua fantasia de lobo, e, quando chegou ao meio da enseada e o vento começou a soprar com força, se deu conta de que era dezembro, que a temperatura não passava de 4,5 graus e que quanto mais ele avançava pelo lago, mais frio ficava. Enquanto corria e uivava, não tinha sentido o impacto do vento invernal, mas agora ele penetrava livremente através de seu pelo — e por sua camiseta e cueca, pois era só isso que estava usando sob a fantasia.

Não poderia continuar velejando assim por muito tempo. Com certeza não conseguiria passar a noite na água; já estava batendo os dentes. Então decidiu velejar não rumo ao oceano, mas rumo à cidade, em direção à casa do pai lá no centro. Imediatamente essa ideia lhe pareceu melhor sob todos os aspectos. Iria velejar até o centro da cidade, atracar junto com todos os iates, andar pela cidade a pé até encontrar o apartamento do pai, e tocar a campainha.

Nossa, como seu pai ficaria surpreso! Ele sabia que o pai sentiria orgulho dele ao vê-lo chegar. Ficaria impressionado e admirado, e dali em diante os dois iriam morar juntos. Tudo que ele precisava fazer era velejar rumo ao norte por algumas horas e ficar de olho nas luzes ao longe. Podia distinguir o tênue brilho da cidade no horizonte, e sentiu-se forte outra vez, sabendo que logo chegaria lá.

14.

Mas a cidade parecia estar ficando mais longe e não mais perto. Durante muitas horas, Max ficou segurando o leme na mesma posição, e a vela continuou inflada de vento, mas conforme as horas foram se passando a cidade foi ficando menor. De acordo com a bússola, Max estava indo bem na direção dela, norte-noroeste, mas mesmo assim as luzes da cidade estavam ficando menores e mais fracas.

Não havia muita coisa que Max pudesse fazer. Sabia que estava navegando em linha reta. Mas era como se a enseada estivesse se expandindo à sua frente, aumentando a distância entre o barco e seu destino. Ele se virou, porém não viu sinal da enseada que havia deixado para trás, nem da floresta nem de sua cabana. Não viu nada de seu antigo bairro. Havia apenas a lua no céu e o brilho trêmulo das ondas. Não teve outra escolha a não ser continuar navegando no mesmo curso, pois ir em qualquer outra direção não fazia o menor sentido.

Torceu para que em algum momento da noite a enseada voltasse a ser racional e a cidade reaparecesse. Precisaria contar ao pai sobre aquele estranho esticamento elástico da enseada! Dali a pouco, no entanto, a cidade começou a desaparecer por completo. Durante algum tempo, não passou de um cintilar de luzes cada vez mais mortiças, e pouco depois sumiu. Não havia sinal de terra em qualquer direção. Max não queria admitir para si mesmo, mas parte dele sabia que muito provavelmente já havia saído da enseada e que agora estava em mar aberto.

Antes mesmo de Max ficar cansado, a lua havia caído para dentro d'água e sido substituída pelo sol. Ele tinha passado a noite inteira velejando, sem dormir, e estava atarantado demais para pensar em descansar. Continuava navegando rumo ao norte-noroeste, mas agora não conseguia ver mais nada em lugar nenhum. Nenhum peixe, nenhum pássaro. O vento havia diminuído e o mar foi ficando maior, mais extenso, mais interminável e mais chato. Pelos seus cálculos aproximados, ele tinha que estar a pelo menos onze milhões de quilômetros de seu ponto de partida.

Por fim, conforme o sol foi subindo no céu, ele ficou cansado o suficiente para dormir. Recolheu a vela, amarrou-a ao mastro, prendeu o leme para mantê-lo na mesma posição e pegou no sono.

Quando acordou, era noite outra vez. A mesma lua que tinha ido embora poucas horas antes estava de volta. Max passou a noite velejando, adormecendo de novo pouco depois. Sentia-se fraco; fazia muito tempo que havia comido.

Com um choque ao se dar conta deste fato, Max finalmente teve certeza de que estava em mar aberto. Sua bússola não parecia estar funcionando e fazia muitos dias que ele não via sinal de terra ou de vida. Para onde estava indo? Por quanto tempo poderia sobreviver daquele jeito? Sua mente imaginou uma dúzia de possibilidades terríveis até ele perceber, com uma certa sensação de reconforto, que na verdade não havia nada que ele pudesse fazer em relação àquela situação. Tudo que podia fazer era continuar navegando em linha reta e torcer para tudo dar certo.

A manhã seguinte trouxe o dia mais longo que Max já tinha vivido. Como era comprido um dia! Sozinho em seu barco, cercado de todos os lados pelo horizonte do oceano, cada minuto parecia um dia inteiro, e uma hora durava mais do que qualquer vida já vivida.

O estoque de coisas em que pensar havia se esgotado em sua mente. Ao meio-dia, ele já havia pensado em tudo que jamais pensara na vida, e depois disso a única coisa que pôde fazer foi recomeçar. Começou a enumerar todos os estados norte-americanos: Califórnia, Colorado, Nevada, Oregon, Washington, Idaho, Dakota do Sul, Dakota do Norte, Wyoming, Nebraska, Illinois, Indiana, Iowa, Missouri, Wisconsin, Kansas, Montana... Empacou em vinte e quatro. Mesmo assim, já era um recorde para ele. Listou o nome de todos os seus colegas de turma, dividindo-os entre aqueles que conhecia, os que tolerava, os que não conhecia e os que socaria na cabeça se tivesse oportunidade. Enumerou as famílias que moravam em sua rua e as da rua ao lado. Listou todos os seus professores, antigos e atuais, e todos os jogadores de futebol da seleção brasileira olímpica daquele ano.

Listou todos os seus tios e tias. Tio Stuart, tio Grant, tio Scotty, tio Wash e tio Jeff, tia Isabelle, tia Paulina, tia Lucy, tia Juliet. A última vez em que vira todos eles tinha sido naquele estranho encontro. Onde fora mesmo? Em um chalé de madeira em algum lugar, no Colorado ou perto do Colorado. Ficava no alto de uma colina, e o chalé estava abarrotado de gente recendendo a pinho, sopa e carne de cervo, e muita cerveja, muita bebida o tempo todo. Houve pescaria, e as pessoas jogaram Twister e correram pela mata, e então, quando começou a chover, passaram longos dias e noites enfurnadas no chalé excessivamente apertado. De todos os quartos vinham ruídos, e todos os dias havia uma dúzia de pequenos chiliques e muitos acessos de mau humor, deslizes, silêncios e ataques que beiravam a violência. E, como não havia camas suficientes, quase todo mundo dormia no mesmo cômodo, junto ao fogão, com as pernas umas por cima das outras, e com muitos, muitos barulhos. Fora divertido, depois assustador, depois divertido de novo e, por fim, felizmente, havia terminado. Na volta para casa, no carro, ele passara as doze horas de viagem dormindo.

Ele soltou um prego do banco do barco e o puxou. Usou-o para contar as horas (da maneira mais exata que conseguia) conforme iam passando, marcando-as como faria um prisioneiro. Na borda externa do barco, gravou seu nome do maior tamanho possível, de modo que qualquer peixe, baleia ou navio que passasse pudesse saber quem comandava aquela embarcação: MAX, estava escrito, de um jeito ao mesmo tempo cuidadoso e ligeiramente ameaçador.

Tentou desenhar um mapa-múndi no chão do barco, depois desenhou ursos Kodiak — a única coisa que sabia desenhar eram ursos Kodiak; seu pai, que desenhava bastante bem, havia lhe transmitido essa única habilidade — e, quando estava desenhando o terceiro, dessa vez comendo a própria pata, decidiu calcular exatamente quanto tempo fazia que seu pai tinha ido embora.

A linha do tempo estava se embaralhando na sua cabeça. Será que fazia três anos? Era isso que ele respondia quando alguém perguntava, mas fazia tanto tempo que vinha dizendo isso que agora talvez já fizesse quatro anos. A ordem dos acontecimentos não estava clara.

Tinha lembranças do pai e de Gary juntos. Mas seria mesmo possível? Não, impossível. E o homem anterior a Gary, o homem de cabelos brancos chamado Peter? Quando *ele* havia chegado e ido embora? Seria possível que todos esses homens se conhecessem?

Agora Max estava ficando confuso. Claro que era impossível todos terem se conhecido. Houvera uma sequência linear de acontecimentos. Primeiro havia seu pai. Então seu pai tinha feito uma viagem de negócios — um mês, depois dois, e depois não era mais uma viagem de negócios. Ele simplesmente havia desaparecido, e logo arrumado o apartamento na cidade. Então houve um período de calma. Depois seu pai tinha voltado durante aquela semana caótica, e depois ido embora de novo. Houvera outro período calmo que parecera durar um ano. Depois Peter havia chegado, o dos cabelos brancos. Quem era ele mesmo? Velho demais. Certa vez levou uma planta de presente para Max, uma samambaia. Max a pôs no peitoril da janela, depois garantiu que "caísse" no jardim lá embaixo. Depois Peter desapareceu... embora tenha voltado bem tarde uma noite e acordado todo mundo com sua cantoria e suas súplicas. Certo? Esse era Peter.

Então Gary chegou. Mas e aquele outro homem, o homem que havia aparecido na porta algumas vezes no ano anterior? Sua mãe havia entrado junto com ele no carro, um pequeno conversível cinza... Max tinha perguntado a Claire sobre esse homem, e ela havia respondido que era só um colega de trabalho da mãe; de acordo com sua irmã, os dois precisavam ir a um jantar de trabalho. Max tinha certeza de que a história não era só essa, mas havia segredos entre Claire e a mãe. Segredos demais.

Max seguiu navegando por muitos dias e muitas noites. Enfrentou ventos tempestuosos, ventos cruéis, ventos farfalhantes e brisas mornas e suaves. Havia ondas que pareciam dragões e outras que pareciam pardais. Havia chuva, mas havia sobretudo sol, um sol terrível e desprovido de imaginação que passava dias e dias fazendo a mesma coisa. De vez em quando apareciam pássaros, peixes, moscas, porém nada que Max conseguisse alcançar, muito menos comer. Parecia fazer semanas que ele não comia um só pedaço de nada, e isso estava causando dentro dele um ronco dolorido que lhe dava a sensação de que seus órgãos estavam devorando uns aos outros para sobreviver.

15.

Certo dia, porém, ele viu alguma coisa. Um borrão verde no horizonte, menor do que uma lagarta. Já quase louco, sem confiar mais nos próprios olhos, não deu atenção a isso. Voltou a dormir.

Quando acordou, a lagarta havia se transformado em uma ilha. A ilha se erguia imensa à sua frente: uma praia rochosa sob gigantescos penhascos, e colinas verdejantes mais acima. A ilha parecia estranhamente viva por toda parte, vibrante de cores e sons.

Quando ele chegou à costa já era noite, e a ilha havia escurecido. Parecia bem menos acolhedora agora, como uma silhueta destacada em um céu de chumbo, mas alguma coisa lá no alto das colinas o estava chamando. Um brilho alaranjado entre as árvores, bem alto acima da praia.
Assim que se sentiu capaz, Max pulou do barco para a água. Pensou que a água fosse bater pelo menos na sua cintura, mas

era muito mais funda do que isso. Seus pés não tocavam o fundo e ele foi rapidamente tragado pela espuma, pelo branco. E que frio! A água estava mais fria do que ele pensava ser possível; o frio o deixou sem fôlego.

Ele segurou a corda que prendia o barco e tentou nadar cachorrinho até a praia. Pensou por um instante que fosse ser obrigado a largar a corda para não se afogar. Porém, justamente quando sua cabeça afundou abaixo da superfície e o barco começou a puxá-lo, seus pés tocaram a areia do fundo e ele ficou em pé. Não iria morrer naquela noite e, pensando bem, considerou isso uma coisa boa.

Max prosseguiu cambaleando, encharcado e exausto. Arrastou o barco até a praia, pôs algumas pedras grandes em volta e amarrou a corda à maior árvore que conseguiu encontrar. Quando terminou, desabou no chão e ficou deitado, com o rosto encostado na areia fria. Quando se sentiu descansado, tornou a se levantar, mas descobriu que mal conseguia ficar em pé. Estava exausto, com fome, prostrado; o peso da pelagem molhada o surpreendeu. Pensou em tirar a fantasia de lobo, mas sabia que, se fizesse isso, sentiria ainda mais frio. O vento estava gelado, e ele sabia que sua única chance de se aquecer — de sobreviver — seria subir as colinas e conseguir chegar à fogueira que tinha visto do mar.

Então foi isso que ele fez.

As pedras do penhasco eram afiadas mas sólidas. Levou menos de uma hora para escalá-lo, e lá no alto descansou. Enquanto ofegava e olhava para baixo — estava a sessenta metros de altura, fácil —, ouviu os barulhos vindos do interior da ilha: coisas sendo pisadas, derrubadas, gritos e uivos, o crepitar de uma enorme fogueira. Somente seu estado enfraquecido e desesperador levou Max a considerar que sua melhor opção era correr, tropeçar e engatinhar pela selva mais densa e mais selvagem que já tinha visto na vida em direção aos ruídos do que parecia ser algum tipo de rebelião.

E foi isso que ele fez.

Passou horas andando. Foi abrindo caminho entre a vegetação, abaixando-se para passar debaixo de samambaias frondosas e luminescentes, rastejando entre trepadeiras entrelaçadas e cheias de espinhos. Atravessou regatos estreitos — de uma água estranhamente quente — e escalou rochedos cobertos por um delicado musgo vermelho grudado na pedra como um bordado. A paisagem às vezes era conhecida — árvores, terra batida, pedras —, mas outras vezes era muito esquisita: a terra parecia listrada de marrom e amarelo, como manteiga de amendoim e canela depois da primeira mexida de uma colher. Havia buracos, buracos perfeitos, abertos na horizontal do tronco da maioria das árvores.

Depois de algum tempo, sua pelagem, pelo menos aquela que ficava acima das canelas, secou e ele sentiu menos frio, mas o cansaço era tanto que estava sonhando em pé. Em diversas ocasiões, despertou com um tremor e percebeu que estivera andando dormindo.

O que o fazia continuar, e continuar no caminho certo, era o barulho cada vez mais alto da confusão no centro da ilha. Que mistura mais estranha de sons: destruição, calamidade, mas também o que pareciam ser risadas.

16.

Então, quando ele chegou ao alto de uma colina comprida e alta, viu a fogueira, imensa, crepitando em direção ao céu negro. A maior parte dela estava oculta por um gigantesco rochedo que havia bem na linha de visão dele, mas dava para ver muito bem o tamanho da fogueira: ela tingia de laranja as árvores em volta e obscurecia as estrelas do céu. Era uma fogueira intencional, tinha um centro e um objetivo.

Então, um movimento. Ele viu alguma coisa.

Primeiro foi apenas um borrão. Algum tipo de criatura passando depressa entre as árvores, uma silhueta veloz destacada pela fogueira vermelha mais atrás. Poderia ter sido um urso, pensou, mas o animal parecia estar correndo em pé, sobre duas pernas.

Max caiu de joelhos, prendendo a respiração.

Novamente uma forma passou chispando entre as árvores. Era do mesmo tamanho da criatura anterior, mas Max poderia jurar que tinha visto um bico. Aos olhos cansados de Max, parecia que um galo descomunal de quatro metros de altura havia acabado de passar correndo pelo seu campo de visão.

Max estava quase decidido a dar meia-volta e sair correndo — pois de que adiantaria enfrentar animais daquele porte junto a uma fogueira grande como aquela? —, mas não podia ir embora ainda. O calor das chamas o havia despertado, e ele precisava saber o que estava acontecendo lá.

Deitou-se de bruços no chão, rastejando para mais perto. Só precisava subir o rochedo que estava entre ele e a fogueira para ver o que estava acontecendo lá embaixo. Foi avançando como um soldado de guerrilha, quando um gato, um gato doméstico alaranjado, comum a não ser pelo tamanho — tinha apenas dez ou doze centímetros de altura —, apareceu na sua frente e soltou um chiado.

Era a primeira vez que Max deparava com um gato de dez centímetros, então não tinha nenhum plano de ação. Chiou de volta para o gato e o animal parou, inclinou a cabeça e olhou para ele com ar intrigado. Então sentou-se nas patas traseiras, ergueu uma de suas minúsculas patas e começou a lambê-la.

Max ouviu mais barulhos de algo sendo esmagado, de madeira se partindo, porém não viu nada. Ficou triste por abandonar o gato minúsculo, mas imaginou que veria outros como ele na ilha e, quando os visse, já teria entendido o que fazer com um gato assim.

Então foi avançando de mansinho, novamente em direção à fogueira. Queria o calor que ela prometia, queria qualquer comida que pudesse ter sido assada nela e queria, acima de tudo, descobrir o que estava acontecendo.

Cem metros adiante, ele ficou sabendo.

17.

Mais ou menos. Ou seja, ele viu, mas não conseguiu acreditar no que via. Viu animais. Animais? Criaturas de algum tipo. Imensas e velozes. Pensou que talvez fossem algum tipo de ser humano gigante coberto de pelos, porém eram maiores do que isso, mais peludas do que isso. Tinham três ou três metros e meio de altura, e cada uma pesava duzentos quilos ou mais. Max conhecia o reino animal, mas não tinha nome para aqueles bichos. Por trás, pareciam ursos, porém eram mais altos do que ursos, com cabeças muito maiores, e mais rápidos do que ursos ou qualquer outra coisa daquele tamanho. Tinham movimentos ágeis, desenvoltos — a mesma rapidez de cervos ou micos. E todos pareciam diferentes uns dos outros, como os humanos: um deles tinha um chifre comprido e quebrado no nariz; outro tinha a cara larga e achatada, cabelos embaraçados e um olhar pidão; outro ainda parecia uma cruza de menino com bode. E outro...

Era *mesmo* um galo gigante. Aquele era de longe o mais esquisito. Max deu um tapa no próprio rosto para ter certeza de que estava acordado. Estava, sim, e na sua frente, a menos de vinte metros de distância, havia um galo gigante bem iluminado pelas labaredas da fogueira. Era ao mesmo tempo cômico — parecia um homem gigantesco fantasiado de galo, em pé — e poderoso, ameaçador.

A criatura-galo parecia frustrada e encarava outra criatura de altura e peso semelhantes, mas com um formato diferente. Esta tinha um topete de cabelos arruivados e uma cara leonina, com um grande chifre parecido com o de um rinoceronte despontando do nariz. Parecia fêmea, se é que isso era possível para uma coisa feia daquelas. Estava entretida destruindo alguma coisa, golpeando um grande ninho com uma tora de madeira. Seu entusiasmo e abandono a faziam parecer uma criança destruindo um castelo de areia.

E aquilo parecia estar deixando o galo muito chateado.

Em pouco tempo, Max conseguiu detectar um padrão no que os bichos estavam fazendo. Eles pareciam ter encontrado algum tipo de acampamento cheio de grandes ninhos redondos — todos feitos com enormes gravetos e toras de madeira, e todos maiores do que um carro — e haviam decidido destruí-los. Estavam esmagando todos os ninhos sistematicamente. Rasgavam-nos, pulavam de cima de árvores para dentro deles, arremessavam uns aos outros sobre os ninhos, que desabavam no mesmo instante tamanha a força do impacto.

Max estava prestes a dar meia-volta e sair correndo na outra direção — não parecia fazer muito sentido ficar assim tão perto de bichos tão destruidores, quase maníacos — quando escutou (seria possível?) uma palavra.

Max teve quase certeza de ter escutado uma palavra: "Vamos!".

Jamais teria pensado que eles fossem capazes de falar, mas tinha certeza de ter escutado a palavra *vamos*. E, no exato instante em que estava repetindo o som dentro de sua cabeça, analisando-o, a criatura mais perto dele disse uma frase inteira:

— Está torcida?

Essa criatura estava em pé de costas para outra, sentada a seus pés. Ambas pareciam ter atravessado a lateral de uma das cabanas-ninhos, e a primeira estava pedindo ajuda, avaliando possíveis ferimentos em sua coluna vertebral.

— É, está um pouco torcida — respondeu a segunda criatura.

As duas se levantaram e saíram correndo.

Max tornou a se agachar, decidido a ficar observando mais um pouco para tentar entender o que estava acontecendo e por quê.

Uma das criaturas parecia comandar a confusão. Tinha a cara grande e redonda, chifres pontudos como os de um *viking* e olheiras escuras sob os olhos. Estava se preparando para correr em direção a um dos ninhos quando a criatura que parecia um galo chegou perto dela e pôs a mão em seu ombro — não era uma asa; a criatura parecia mesmo ter mãos e garras.

— Carol, posso falar com você um segundinho?

— Agora não, Douglas — respondeu a criatura grandalhona, Carol, afastando o galo para um lado. Então Carol deu um pique e se jogou em cima da lateral de um dos ninhos, espatifando-o.

Enquanto isso, uma criatura gigante parecida com um touro se chocava em várias paredes com velocidade ainda maior. Mas ela parecia desconectada das outras, sem buscar a aprovação de ninguém nem interagir de qualquer maneira significativa.

— Bom trabalho — disse-lhe Max.

O touro encarou Max sem dizer nada. Então se virou, movendo-se como um navio, e afastou-se pesadamente.

Max então pôde ver que uma criatura menor estava chateada com toda aquela atividade. Parecia um bode, mas andava sobre duas pernas e tinha um pelo branco acinzentado. Era de longe a mais baixa e mais magra de todas as criaturas, mais próxima do tamanho de Max do que as outras. Estava gritando "Parem!" e "Por que estão fazendo isso?", e entre dois gritos choramingava de uma forma que Max achou bem pouco atraente. Todos os outros bichos a ignoravam solenemente.

Max ficou olhando e escutando até conseguir identificar todos os seus nomes e como eles se encaixavam no que ele havia começado a entender ser uma espécie de família.

Havia o galo. Seu nome era Douglas. Ele parecia sensato e controlado, e não gostava da forma como Carol estava tentando se divertir e divertir os outros.

Carol, principal instigador e mais animado com a destruição, era o maior, o mais forte, o mais barulhento de todos. Seu pelo tinha listras horizontais no tórax como se fosse um tipo de suéter, e suas garras eram imensas e afiadíssimas.

Havia o monstro fêmea com o chifre e o topete de cabelos ruivos. Ela se chamava Judith, e tinha uma voz aguda e vagarosa, e uma risada que era um cacarejo áspero.

Max estava achando difícil se lembrar de todos, então, usando seu talento para desenhar ursos Kodiak, começou a fazer esboços na terra batida que estava pisando, batizando cada um dos retratos grosseiros com um nome.

Ira, o que tinha nariz achatado, parecia estar sempre perto de Judith. Max imaginou que deviam ser um casal, ainda que estranho. Ira tinha um ar um pouco triste e sua postura era ruim.

Havia o monstro em forma de bode, Alexander, com um rosto congelado em um rosnado e pernas finas como as patas de um porco. Ele era só um pouco maior do que Max.

ALEX.

E havia também o touro. Era descomunal, com quase quatro metros de altura, e parecia feito apenas de músculo e pedra. Ainda não tinha dito uma só palavra.

Eram seis, então. Seis monstros ao todo. Mas esperem um pouco. Não, eram sete. Havia um que não parecia estar tomando parte na destruição. Tinha uma expressão melancólica e estava sentado sozinho sobre um rochedo, olhando para aquele caos. Com os cabelos compridos amarelo-palha e pequenas orelhas despontando entre os fios, tinha olhos bondosos, gentis, e presas que, apesar do tamanho (mais ou menos do tamanho da mão de Max), pareciam bem bonitinhas.

TOURO

KATHERINE

Então Carol, o maior de todos, começou a jogar Alexander, o bode, para cima, bem alto. Jogava-o a uns seis, nove metros de altura, depois tornava a pegá-lo e jogava-o ainda mais alto. Aquilo parecia perigoso e maluco, e Max queria muito ser o bode. Queria ser jogado, queria voar, queria derrubar coisas.

Depois de jogar Alexander para o alto pela quarta vez, Carol jogou-o bem no meio de um dos ninhos. Alexander emergiu dos destroços rindo o que parecia uma risada falsa, como se não houvesse gostado nada daquilo, mas quisesse dar a entender que estava topando qualquer coisa.

A cada instante que passava, Max ficava mais intrigado. Os monstros pulavam das árvores para dentro dos ninhos, empilhavam-se uns por cima dos outros, faziam rolar rochedos para o meio das ruínas das estruturas. Era a melhor bagunça que Max já tinha visto.

Logo, porém, a atividade começou a arrefecer. Um a um, os monstros pareceram ir perdendo seu impulso destruidor. Sentaram-se, coçando-se e cuidando de pequenos ferimentos.

— Estou entediado — disse um deles.
— Eu também — disse outro.

O líder, o que se chamava Carol, não estava disposto a deixar aquilo terminar.

— Vamos! — rugiu ele. — Vamos acabar com isso!

Os outros não responderam. O do nariz achatado se sentou. Carol trotou até onde ele estava — aquelas criaturas eram mesmo ágeis.

— Ira — disse ele para o do nariz achatado —, nós ainda não terminamos. O trabalho não acabou.

— Mas eu estou caindo de exaustão! — reclamou Ira. — E sem inspiração.

— Ei, não pense que você vai conseguir se safar dessa situação com rimas. Sem inspiração? Como pode uma coisa dessas? — Carol se virou para falar com o resto dos monstros. — Vamos lá, isso não é divertido? Quem é que quer se divertir de verdade comigo?

Ninguém respondeu. Carol foi pulando de monstro em monstro, tentando provocar alguma animação. Quando chegou perto de Douglas, este questionou a operação como um todo:

— Carol, por que estamos fazendo isso, afinal? — perguntou.

A expressão de Carol se anuviou por alguns instantes. Seus dentes — uma centena de dentes, cada qual do tamanho da mão de Max — estavam expostos em algo entre um sorriso e uma demonstração de força.

— Douglas, eu não preciso dizer isso para você, preciso? Todos nós sabemos por que eles têm que ser destruídos. Não eram bons o bastante. Você ouviu Katherine. Ela disse que estava na hora...

— Não foi isso que eu quis dizer — falou alguém. Era o monstro quase bonitinho encarapitado em cima do rochedo. Aquela devia ser Katherine, pensou Max.

— Nós todos ouvimos o que você disse — rosnou Carol. — Você disse que estava tudo errado, que tudo que tínhamos feito estava uma porcaria e precisava ser posto abaixo.

Katherine deu um suspiro de irritação.

— Eu não disse nada disso. Você deturpa tudo que eu digo.

Carol resolveu ignorá-la.

— Tudo que eu preciso saber é se tem alguém aqui nesta ilha corajoso, criativo e animado o suficiente para me ajudar a terminar este serviço. Alguém se habilita?

Ninguém respondeu.

— Alguém?

18.

Alguma coisa se acendeu dentro de Max. Seus pensamentos se organizaram, seu plano se tornou ordenado e perfeito. Ele precisava ser aquela pessoa.

Max desceu correndo a colina e passou por baixo das pernas de Douglas e Ira, com o rosto dominado por uma expressão de firme determinação. Os monstros eram muito mais altos do que ele e pesavam milhares de quilos a mais.
— Ué, quem é esse? — perguntou Ira, alarmado.
— Olhem só as perninhas dele! — guinchou Judith.
— O que é que ele está fazendo? — indagou Douglas.
Max pretendia lhes mostrar. Pegou uma tocha na fogueira e atirou-a sobre um dos telhados restantes do acampamento. Com um rugido e um ruído de combustão, o telhado pegou fogo.
Os monstros deram vivas.
Max pegou outra tocha e a lançou. Estava mirando em outro telhado, mas a tocha subiu demais; voou até o alto de uma

árvore, onde pegou fogo. A árvore inteira explodiu em labaredas triunfantes, como se estivesse encharcada de querosene.

As criaturas deram vivas ainda mais altos.

Max olhava desolado para a árvore em chamas, mas nada podia fazer para apagá-la, nem para apagar o entusiasmo dos monstros. Estes haviam seguido o exemplo de Max e agora estavam atirando tochas em tudo — em telhados, em árvores, neles próprios.

Uma das criaturas, a que parecia um galo e se chamava Douglas, pegou fogo de repente. Pôs-se a uivar de dor até conseguir pular em um riacho ali perto, apagando as chamas que a consumiam e depois rindo descontroladamente.

Pffff! Outra árvore explodiu em chamas. E mais outra. Dali a pouco, Carol estava trepando em uma das árvores enquanto as chamas ficavam mais altas. Ele sacudiu os galhos baixos e fez cair sobre os outros uma chuva de faíscas.

O calor era incrível e fazia Max se sentir mais forte do que nunca. Max dançava sob as labaredas, encantado com o caos.

— Queimem tudo! — dizia Carol. — Queimem as árvores!

E logo dúzias de árvores estavam pegando fogo. A floresta inteira em chamas.

Por um instante, Max sentiu pânico, preocupado de ter dado início a um incêncio que iria consumir toda a ilha. No entanto, depois de examinar um pouco, viu que a floresta não era infinita. Em um de seus lados corria um riacho e, no outro, ela ia dar em uma colina sem árvores. O incêndio iria consumir aquela pequena floresta e depois se apagar, esperava Max.

Enquanto isso, a cena era espetacular. O céu estava cor de laranja. Chovia fogo. Pássaros deixavam seus ninhos e se erguiam das chamas feito brasas, girando e saltando em direção ao céu. E quem havia começado aquilo era Max.

— Isso! — berrou Carol. — Isso, isso! Derrubem tudo! — disse ele, e então se atirou de cabeça em cima de um dos ninhos restantes. O ninho se partiu feito uma casca de ovo. Carol apareceu com um sorriso no rosto e viu Max sorrindo de volta para ele.

Juntos, os dois pegaram uma tora comprida e correram na direção de outro ninho, que puseram abaixo. Max nunca tinha destruído tanta coisa tão bem nem tão depressa. Seguiu Carol até um dos últimos ninhos, e ele e Carol ergueram grandes galhos acima da cabeça, prontos para destroçar o ninho com golpes simultâneos.

— Ei, novato! — disparou Judith. — Não toque nesse aí.

Max hesitou.

— O quê? — Carol não gostou daquela ordem e balançou a cabeça para Max, ignorando o aviso. — Não, pode continuar. Derrube isso.

Judith se virou para Max com ar muito severo:

— Não se atreva.

Max ficou em pé entre os dois, sem saber a quem obedecer ou a quem desafiar.

— Não encoste nem um dedo aí — avisou ela.

Com uma risada, Carol ergueu seu pé imenso e deu um chute na estrutura, espatifando-a em pedaços.

— Pronto — falou. — Não foi com o dedo.

Max teve de rir. Aquela tinha sido muito boa. Ficou olhando enquanto Carol, seu irmão de armas, corria até o outro lado da clareira em busca de alguma coisa que ainda estivesse de pé.

Max também procurou. No entanto, até onde sua vista alcançava, não restava mais nada para destruir. As árvores, as poucas que continuavam de pé, estavam carbonizadas e seus galhos tinham sido despidos das folhas ou derrubados. Max estava parado no meio de uma planície cinzenta desolada. Os ninhos não existiam mais. Ele começou a andar na direção de Carol para lhe dar os parabéns pela totalidade de sua destruição, quando Douglas surgiu na sua frente e o impediu de passar.

— O que você está fazendo aqui? — perguntou ele.

— Eu? Estou só ajudando — respondeu Max.

— Então por que é que está queimando e destruindo as nossas casas?

— Eram as suas casas? — Aquilo era novidade para Max. Ele imaginava que estivessem destruindo o acampamento de algum inimigo. — Então por que é que *vocês* estão destruindo tudo?

— *Eu* na verdade não estou. Você não é muito observador para alguém que fica brandindo esse graveto grande por aí.

Max largou o graveto.

— Espere aí — disse Alexander, em pé no meio dos destroços, sozinho e com os olhos marejados, parecendo uma criança perdida no shopping. — Onde é que vamos dormir hoje à noite?

De repente, todos os monstros pareceram se dar conta da mesma coisa.

— Eu estava tentando dizer isso a vocês — disse Douglas.

— Bom, não vão pôr a culpa em mim — disse Judith.

— Por que não? — indagou Douglas. — Você estava destruindo igualzinho aos outros. Destruiu tudo menos seu próprio ninho.

— Sim, mas eu não me diverti nada — disse ela. — De toda forma, não foi culpa minha.

Douglas balançava a cabeça.

— Então foi culpa de quem?

Judith olhou em volta por alguns instantes e então, parecendo bastante satisfeita, cravou os olhos em Max.

— Do novato! — disse ela. — Foi ele quem instigou todo mundo. E a ideia do fogo também foi dele.

Douglas parou para pensar um pouco, em seguida aquiesceu, reconhecendo a verdade daquelas palavras. Judith, sentindo-se incentivada, apontou de maneira mais ostensiva.

— E sabe o que eu acho que se deve fazer com um problema? Comer! — disse ela, começando a avançar na direção de Max.

— É — disse Alexander —, é ele o problema!

Judith e Alexander começaram a avançar para cima de Max. Ira não havia prestado atenção na conversa.

— O que vocês estão fazendo? — perguntou.

— Ah, nós íamos comer isso aí — disse Judith, apontando para Max como quem escolhe uma lagosta em um restaurante.

— Tá bom — disse Ira, dando de ombros e começando a salivar.

Max rapidamente se viu coberto pela sombra dos três, e logo Douglas e o touro haviam se juntado ao grupo, e tudo ficou muito escuro e muito quente por causa do suor de monstro. Max foi recuando até esbarrar em um amontoado de gravetos e lama onde antes se erguia uma casa. Não havia escapatória possível. Os monstros também pareceram perceber isso e começaram a sorrir. Max olhava de um para o outro enquanto os quatro iam chegando cada vez mais perto.

— Ele parece saboroso — disse Ira.

— Será? — duvidou Judith. — Não sei, não. Estou achando que vai ter um gosto meio forte.

— Forte? — repetiu Douglas. — É mesmo? Eu acho que deve ser suculento.

— Suculento? — disse Judith. — Não sei, não. Saboroso até pode ser, mas *suculento* não.

Alexander se intrometeu:

— Tudo que sei é que estou ficando com fome só de olhar para ele.

— Mas ele é mesmo feioso, não é? — disse Judith.

— Então feche os olhos. Eu ponho ele na sua boca — ofereceu Ira.

— Ai, que romântico! — disse ela.

— Esperem aí! — berrou uma voz do outro lado do acampamento. Era Carol. Max sentiu um certo alívio, mas mesmo assim as criaturas continuaram a fechar o cerco ao seu redor. Era tarde demais para detê-las. Max sentiu o hálito quente delas no rosto, viu seus dentes enormes, cada incisivo do tamanho de seu pé. Elas poderiam matá-lo muito antes de Carol ter tempo de intervir.

Mais uma vez o monstro grande fez ouvir sua voz lá de longe.

— Esperem aí!

Ira lambeu os beiços. O touro resfolegou, estendendo os braços.

Max sabia que Carol não conseguiria salvá-lo dessa vez. Precisava salvar a si próprio — de algum jeito. Arqueou as costas e, com uma voz muito mais alta e mais autoritária do que imaginara possuir, rugiu:

— Parados!

19.

Os monstros estacaram. Pararam de se mexer, pararam de conversar, pararam de estender os braços para estraçalhar Max com as garras, pararam de salivar copiosamente. Max não conseguia acreditar nos próprios olhos. Não soube o que fazer em seguida.

— Por quê? — perguntou Judith. — Por que deveríamos parar?

Max sabia que era uma pergunta capciosa. Se *ele* estivesse prestes a abocanhar, por exemplo, um morango, e o morango lhe dissesse para parar, ele também iria querer uma boa explicação.

— Porque... Ahn... Porque... — gaguejou ele.

Os monstros ficaram ali a encará-lo, à espera, soltando o ar com força pelas narinas. Max sabia que precisava inventar alguma coisa imediatamente e, para sua própria surpresa, foi o que fez.

— Porque — disse ele — eu ouvi dizer que uma vez eles não ficaram parados e...

— Quem? — indagou Judith. — Quem não ficou parado?

Então Carol chegou, postando-se atrás dos outros. Já tinha ficado impressionado com Max antes, mas agora parecia fascinado pela presença e pelo poder daquela pequena criatura.

— Ãhn... Os martelos — explicou Max, inventando à medida que ia falando. — Eram martelos enormes, e não sabiam ficar parados. Eram *malucos*. Não paravam de se sacudir e de correr de um lado para o outro, e nunca paravam para ver o que estava bem na sua frente. Aí, uma vez, os martelos estavam descendo a encosta da montanha a toda a velocidade e nem conseguiram ver que alguém estava subindo para *ajudar*. E sabem o que aconteceu?

Os monstros, siderados, fizeram que não com a cabeça.

— Eles passaram por cima do cara e *mataram* — disse Max.

Houve alguns arquejos, e também alguns sons que diziam: "Bom, o que *mais* eles podiam fazer?".

— Mas a questão — acrescentou Max — é que ele *gostava* dos martelos. Estava lá para *ajudar*.

— Quem era ele? — perguntou Douglas.

— Quem era quem? — devolveu Max.

— O cara que estava subindo a montanha — disse Douglas.

— Ele era... — E mais uma vez Max vasculhou a escuridão sedosa de sua mente e, de maneira inacreditável, encontrou uma pedra preciosa. — Era o seu rei — respondeu Max.

Max nunca havia contado história mais bizarra, mas os monstros ficaram simplesmente embasbacados com ela.

Carol deu um passo à frente.

— E *você* gosta de *nós*?

Era uma pergunta difícil. Max não tinha certeza se gostava de algum deles, considerando que, minutos antes, estavam prestes a devorar sua carne e seus miolos. No entanto, por necessidade de autopreservação, e também porque havia gostado muito deles quando estavam todos quebrando coisas e pondo fogo em árvores, ele respondeu:

— Gosto. Gosto, sim.

Ira pigarreou e, com um viés esperançoso na voz, perguntou:

— Você é o *nosso* rei?

Max raramente precisara blefar tanto na vida.

— Claro. Sou, sim — respondeu. — Eu acho.

Uma onda de animação varreu os monstros.

— Nossa, ele é o rei — disse Ira, agora parecendo muito contente.

— É — disse Douglas. — Parece que sim.

— Por que é que *ele* é o rei? — perguntou Alexander, cheio de sarcasmo. — *Ele* não é rei coisa nenhuma. Se *ele* pode ser rei, *eu* também posso.

Felizmente, como sempre, as outras criaturas ignoraram o bode.

— Ele é muito pequeno — observou Judith.

— Talvez por isso mesmo ele seja bom — sugeriu Ira. — Assim cabe em espaços pequenos.

Douglas deu um passo à frente, como se houvesse acabado de pensar em uma pergunta incrível capaz de solucionar a questão:

— Você foi rei lá de onde veio?

Max estava ficando craque em inventar histórias, então essa foi fácil.

— Fui, sim. Rei Max. Por vinte anos — disse.

Um rápido murmúrio de alegria percorreu o grupo de criaturas.

— Você vai transformar este lugar em um lugar melhor? — perguntou Ira.

— Claro — disse Max.

— Porque eu vou dizer uma coisa, isto aqui está um horror — disparou Judith.

— Calada, Judith — disse Carol.

— Não, sério, eu poderia contar umas histórias... — continuou ela.

— Judith, pare com isso — disse Carol, ríspido.

Mas ela ainda não havia terminado:

— Eu só estou dizendo que, se formos ter um rei, é melhor ele resolver todos os nossos problemas. É o mínimo que ele pode fazer depois de derrubar todas as nossas casas.

— Judith, é claro que ele está aqui para resolver tudo — disse Douglas. — Se não, por que um rei seria um Rei e por que um rei estaria aqui? — Ele se virou para Max. — Certo, Rei?

— Ãhn, claro — disse Max.

Carol sorriu.

— Bom, então está resolvido. Ele é o nosso rei!

Todos se aproximaram para abraçar Max.

— Desculpe termos pensado em devorar você — disse Douglas.

— Não sabíamos que você era um rei — disse Ira.

— Se soubéssemos que era o rei, quase com certeza não teríamos tentado devorar você — acrescentou Judith, soltando então uma risada súbita e sem alegria. Ela baixou a voz e falou num tom de quem faz uma confissão. — Nós nos deixamos levar pelos acontecimentos, foi só isso.

20.

Max foi pego do chão e erguido bem alto no ar, e finalmente acomodado sobre as costas do Touro. O Touro — esse parecia ser o seu nome — seguiu Carol até uma caverna debaixo de uma árvore imensa. Dentro da caverna, duas tochas iluminavam um cômodo dourado e oval.

O Touro pôs Max no chão e começou a vasculhar uma pequena pilha de entulho no chão. Logo encontrou um cetro cor de cobre e incrustado de joias, que entregou a Max. Max inspecionou o cetro com ar respeitoso. Era pesado, mas não demais. Era perfeito, com um cabo esculpido à mão e um globo de cristal na ponta.

O Touro continuou revirando o entulho. Curioso, Max espiou pelo lado do Touro e viu que aquilo não era uma pilha de gravetos e pedras, e sim uma pilha do que pareciam ser ossos. Estavam amarelados e partidos, e pareciam ser os restos de umas doze criaturas diferentes. Havia crânios deformados e manchados, e costelas de tamanhos e formatos que Max jamais tinha visto em nenhum livro ou museu.

— Arrá! — bradou Carol. — Aqui está.

Max olhou para cima e viu que o Touro havia retirado uma coroa da pilha. Era vermelha, um pouco grosseira, e o Touro se virou para colocá-la sobre a cabeça de Max. Max se afastou.

— Espere um instante — disse, apontando para a pilha de ossos. — Aqueles ali são... outros reis?

O Touro relanceou os olhos para Carol com expressão um pouco preocupada.

— Não, não! — disse Carol, dando uma risadinha. — Isso já estava aqui antes de chegarmos. Nunca tínhamos visto esses ossos antes.

Max não parecia convencido.

— Mas que ossos são esses, afinal? — perguntou Carol ao Touro.

O Touro deu de ombros, enfatizando o gesto.

Então Carol e o Touro fizeram uma dancinha rápida em cima dos ossos, reduzindo-os a pó.

— Viu? — disse Carol sorrindo, com o olhar nervoso e aceso. — Não há com que se preocupar. É só pó. — Ele se virou para o Touro. — Não se esqueça de tirar o pó daqui de dentro da próxima vez!

Percebendo a apreensão de Max, Carol deu um passo à frente e disse, com grande solenidade.

— Eu juro que você não tem com que se preocupar, Max. Você é o rei. E nada de mau pode acontecer com o rei. Especialmente com um bom rei. Já dá para perceber que você vai ser um ótimo rei, de verdade.

Max olhou Carol nos olhos, cada qual do tamanho de uma bola de vôlei. Tinham uma tonalidade muito calorosa de castanho e verde, e pareciam sinceros.

— Mas o que eu preciso fazer? — indagou Max.

— Fazer? Qualquer coisa que você quiser — respondeu Carol.

— E o que *vocês* precisam fazer? — perguntou Max.

— Qualquer coisa que você quiser que nós façamos — disse Carol. Ele respondeu tão depressa que Max acreditou.

— Então tá — disse Max.

Max abaixou a cabeça para receber sua coroa. Carol a depositou delicadamente sobre sua cabeça. Era pesada, feita de algo parecido com ferro, e o contato do metal em sua testa foi frio. Mas a coroa serviu, e Max deu um sorriso. Carol recuou para olhar para ele, meneando a cabeça como se tudo finalmente tivesse entrado nos eixos.

O Touro ergueu Max e colocou-o sobre as costas e, enquanto saíam do túnel, foi possível ouvir os vivas ensurdecedores do resto dos monstros. O Touro desfilou com Max pela floresta, e todos assobiaram e dançaram de um jeito bem feio — com baba e muco espirrando para todos os lados —, mas festivo. Dali a alguns minutos, o Touro depositou Max no alto de um promontório coberto de grama e os monstros se reuniram à sua volta, erguendo os olhos para ele, ansiosos. Max percebeu que devia dizer alguma coisa, então disse a única coisa em que conseguiu pensar:

— Vamos começar a bagunça!

21.

Os monstros deram vivas. Depois ficaram esperando Max lhes dizer o que fazer. Eles sabiam fazer bagunça, mas queriam ter certeza de que iam fazer tudo de um jeito que fosse agradar ao seu rei.

Max desceu de cima do Touro e começou a rodopiar feito um dervixe.

— Façam o que eu estou fazendo! — ordenou.

E os monstros obedeceram. Eram péssimos dervixes e rodopiavam de forma desajeitada e lenta, mas isso tornava a situação ainda mais divertida para Max. Ele ficou olhando e rindo enquanto os monstros giravam e se transformavam em massas tontas de pelos e pés, antes de desabarem todos no chão.

Durante as cinco ou seis horas seguintes, Max pensou em todas as coisas divertidas de que foi capaz, e garantiu que os monstros fizessem essas coisas junto com ele.

Sentou-se nas costas de Ira e o fez imitar um cavalo (embora Ira nunca tivesse ouvido falar em cavalo). Enfileirou todos eles como dominós e mandou que derrubassem uns aos outros. Mandou-os formar uma gigantesca pirâmide, subiu lá em cima e derrubou a pirâmide de propósito. Os monstros sabiam cavar muito bem, então Max os fez cavar dezenas de buracos, buracos enormes, sem motivo nenhum. Depois todos voltaram a derrubar árvores — as dez ou doze que restavam. Coube a Max pensar nas inúmeras maneiras possíveis de derrubá-las e de fazer isso com o máximo de barulho possível.

Em seguida, Max pensou que seria legal subir correndo a colina mais próxima e descer rolando feito bolas de pelo gigantes. Então saiu correndo, e os monstros o seguiram colina acima. No alto, ele demonstrou como deveriam fazer. Desceu a encosta coberta de grama dando cambalhotas e, quando terminou, viu que Douglas e Alexander já haviam seguido seu exemplo e estavam rolando atrás dele. Mas a velocidade dos monstros era mais ou menos o triplo da sua, e eles estavam vindo bem na sua direção.

Max saiu da frente a tempo, e anotou metalmente que precisava se lembrar de tomar cuidado na próxima vez em que eles rolassem colina abaixo com ele por perto. No entanto, bem na hora em que estava limpando a terra da roupa, Carol e Judith começaram a descer rolando ainda mais depressa do que seus predecessores, novamente bem na direção de Max. Ele precisou pular de novo para sair da frente, mas dessa vez a bola-Judith atingiu seu pé e ele soltou um grito de dor.

— O que foi? — perguntou ela, desenrolando-se no sopé da colina.

— Você passou rolando por cima do meu pé! — disse ele.

Judith olhou para ele sem entender.

— E daí?

— Você não deve fazer isso! — disse Max.

Judith lançou-lhe um olhar como se ele houvesse acabado de dizer algo totalmente insano. Max pensou por um instante que deveria bater na cabeça dela com um graveto ou uma pedra.

Olhou em volta à procura de alguma coisa que pudesse servir. No entanto, antes que conseguisse encontrar, Carol interveio.

— Judith, você passou rolando por cima do pé do rei? — perguntou Carol.

— Eu não sei o que fiz — respondeu ela, seca. — Não tenho lembrança nenhuma. Espere um pouco, onde é que eu estou?

— Você sabe muito bem o que fez — disse Carol, dando um passo mais para perto dela. — E, se fizer de novo, eu juro que como a sua cabeça.

Max, lisonjeado por Carol sair em sua defesa, mas espantado com a ameaça, deu um tapinha em seu braço.

— Está tudo bem, Carol. Mas obrigado.

Judith estava pasma.

— "Obrigado"? Você diz "obrigado" por ele ameaçar comer a minha cabeça? É por *isso* que está agradecendo? Que tipo de rei agradece alguém que ameaça comer a cabeça de um dos seus súditos?

Enquanto Max tentava bolar uma resposta, Ira tentava entender o ponto de vista do rei.

— Então deveríamos tentar *não* atropelar o seu pé quando nos transformarmos em bolas, mas, *se* atropelarmos você, alguém vai comer nossa cabeça?

— É — disse Carol, aliviado por alguém finalmente ter entendido o óbvio.

— Não! — bradou Max em um lamento. — Não. Ninguém vai atropelar o pé nem comer a cabeça de ninguém. Ninguém vai comer pedaço nenhum de ninguém. Essa é a regra principal, tá bom?

— Mas e se *quisermos* comer? — indagou Douglas.

— Como assim? — quis saber Max.

— Quer dizer, nós não devemos comer cabeças, e isso faz sentido. Mas e se um dia estivermos em alguma situação e quisermos *mesmo* comer a cabeça de alguém, ou talvez o braço?

Novamente se ouviu um murmúrio generalizado de aprovação para essa pergunta pertinente.

Max estava achando difícil controlar a irritação. Respirou fundo várias vezes e explicou o mais lenta e cuidadosamente possível as regras que desejava que seus súditos respeitassem. Ninguém iria comer ninguém sob nenhuma circunstância — mesmo que quisessem —, e ninguém iria atropelar ninguém de nenhuma forma, e ninguém...

Alexander interropeu.

— Mas e se a cabeça de alguém *cair?* Isso às vezes acontece. Nesse caso nós podemos comer? — perguntou, provocando um coro de murmúrios aprovadores.

— Ninguém vai comer nada! — rugiu Max. — Ninguém vai comer pedaço nenhum de mais ninguém sob circunstância nenhuma. Nunca. Nem se a cabeça cair.

Max queria parar de falar e começar a uivar, então saiu correndo, guiando todos até a beira da ilha.

— Vamos! — disse, e todos foram atrás.

Ele foi dando cambalhotas pelo caminho, e os outros também deram cambalhotas. Pulou, e os outros também pularam — ou tentaram pular. Fez barulhos de metralhadora, e os outros o imitaram da melhor forma possível. E logo chegaram ao que deveria ser o ponto mais alto da ilha, um penhasco com vista para o mar, centenas de metros acima do nível da água. Depois que todos estavam a seu lado na beira do penhasco, Max soube que não havia nada mais adequado a fazer a não ser uivar.

Então Max pôs-se a uivar. Os monstros também uivaram, uivos mais altos e mais convincentes do que os de Max, mas ele não ligou. Nada poderia tornar aquele instante mais perfeito ou estragá-lo. Max uivou, uivou, e sentiu-se mais ele mesmo — parte vento, parte lobo — do que jamais havia se sentido.

Nada poderia estragar aquele instante, nem mesmo quando Alexander se juntou ao grupo, empurrando todos por trás e quase matando Max. Quando Alexander trombou no grupo, as trombadas continuaram até alguém trombar com força em Max, e de repente ele se viu sem chão. Olhou para baixo por uma fração de segundo, e tudo que viu foi a confusão branca do mar batendo nas pedras claras lá embaixo. Porém, no exato instante em que Max percebeu que estava no ar, que estava prestes a despencar cento e vinte metros até o mar, foi puxado de volta e recolocado em terra firme. Quem fez isso foi Carol. Max foi pego bem a tempo e rapidamente posto no chão. Estava chocado demais, incrédulo demais para sequer compreender como estivera perto de sumir para sempre do mundo dos vivos. Em vez disso, plantou os pés bem afastados no chão e uivou para o mar, a quem haviam roubado seu corpo.

O resto dos monstros pôs-se a uivar também. Uivaram bem alto, feito loucos. Uivaram até ficarem roucos. Quando não conseguiram mais continuar uivando, Max ouviu uma risadinha vinda de uma das laterais do grupo.

Virou-se e viu Katherine, a dos cabelos emaranhados, sorrindo para ele de um jeito afetado, cúmplice.

— O que foi? — perguntou ele.

— Nada — respondeu ela.

Sua voz parecia a de uma garota meio mal-ajambrada. Era grave e áspera, mas atraente, melodiosa até.

Max ficou olhando para ela sem entender. Estava intimidado por seu sorriso afetado.

— O que foi?

— Nada. Você está se divertindo — disse ela.

— O que é que isso quer dizer? — perguntou Max.

— Nada — respondeu ela.

— Nada? — repetiu Max.

— Quer dizer o que quer dizer — disse ela. — É legal.

Nesse exato instante, Max ouviu um baque alto vindo da floresta. Olhou através das árvores, do que restava delas, e viu Carol pulando bem alto, como um canguru, mas com muito mais potência. Cada pulo fazia Carol subir doze metros no ar, e a cada vez ele aterrissava com um baque estrondoso.

Katherine pareceu entender que Max queria ir com Carol.

— Pode ir — disse ela. — Nos vemos mais tarde.

— Tá bom — disse Max, e saiu correndo pela floresta atrás de Carol, tentando chamar sua atenção.

— Ei! — gritou. — Ei!

Carol diminuiu o passo e, por fim, parou. Max o alcançou. Carol sorriu, bufando com força pelas narinas.

— Você é bom de pulo! — disse Max.

— É, eu sei — disse Carol. — Sou melhor do que você pensa. Sou melhor até do que *eu mesmo* penso!

Max havia reparado em um grande galho reto acima deles, e teve uma ideia.

— Você consegue pular até lá em cima daquela árvore e se segurar com os dentes?

Carol fez uma careta.

— É claro que consigo — respondeu.

Ele deu um pulo de uns seis metros de altura com a bocarra aberta e, quando alcançou o galho lá em cima, calculou mal o tempo. Em vez de agarrar o galho com os dentes, atingiu-o com o nariz, e então caiu de mau jeito no chão. A terra estremeceu.

— Ai — disse ele.

Max queria pedir desculpas e cancelar a experiência, mas Carol estava decidido a fazer o que Max havia pedido. Tornou a pular, rosnando durante toda a subida, e dessa vez agarrou o galho com os dentes. Pendurou-se no galho e, todo orgulhoso, olhou para Max lá embaixo.

— Assim? — perguntou. Com a árvore na boca, a pergunta saiu "Achin?".

— Isso, muito bem — disse Max, verdadeiramente impressionado.

Nem Max nem Carol tiveram certeza do que fazer em seguida. Carol não queria descer depressa demais e Max estava achando divertido olhar para Carol lá em cima, pendurado pela boca.

— Como está o tempo aí em cima? — perguntou Max.

— Está bom — tentou responder Carol.

Max riu.

— Quanto você pesa?

Carol tentou dizer "não sei", mas tudo que saiu foi um latido abafado. Max riu mais ainda.

— Que gosto tem essa árvore? Gosto de patê? — perguntou ele.

Carol não fazia a menor ideia do que fosse patê, mas o som ridículo dessa palavra o fez rir, e quando ele riu, seus dentes soltaram a árvore e ele despencou outra vez.

— Aiê! — exclamou.

— Desculpe — disse Max. Arrependeu-se da ideia, e de ter feito Carol cair.

— Não, não! — disse Carol, fazendo uma dancinha por causa da dor e girando enquanto segurava a boca e batia com os pés no chão. — Não foi culpa sua. Foi divertido. Mas é que alguma coisa ficou presa no meu dente ou algo assim.

Douglas e Ira apareceram. Douglas vinha arrastando Ira pelos pés como um homem das cavernas arrasta sua noiva, só que ao contrário. Ira parecia totalmente relaxado enquanto era arrastado, como se estivesse deitado em uma rede.

— Ei, pessoal — disse Carol, indo se postar na frente deles. — Deem uma olhada aqui. Tem algum pedaço de casca aqui dentro?

Carol se aproximou de Douglas e Ira e abriu sua bocarra gigantesca e molhada, revelando uns duzentos dentes enormes e afiadíssimos dispostos em fileiras concêntricas. Douglas se afastou ligeiramente de Carol.

— Não estou vendo nada — disse. — Não tem nada aí dentro.

Carol baixou os olhos para Ira — que continuava deitado no chão — em busca de uma resposta.

— Nadinha. Não tem nada aí dentro — disse Ira, embora ele não tivesse como ver nada daquele ângulo. Ergueu os olhos para Max e estendeu a mão. — Não fomos apresentados formalmente. Meu nome é Ira. Fui eu quem fiz os buracos nas árvores. Talvez você tenha visto, viu? Ou talvez não, sei lá. Enfim, é isso que eu faço. Na verdade isso não ajuda ninguém como você ajuda. Não é fundamental para o futuro do mundo como você é. E você provavelmente já conheceu Douglas. É ele quem garante que o trabalho por aqui seja feito. É indispensável. É um construtor. É o mais estável dos instáveis...

— Ei. Um pouco mais de atenção aqui — disse Carol, tornando a apontar para a própria boca. — Vocês precisam chegar mais perto.

— Ora, ora. Parece estar tudo bem — disse Ira. — Nadinha de nada. Não tem...

— Nada aí dentro, é — concluiu Douglas. Os dois pareciam estar com muita pressa de sair de perto da boca aberta de Carol. — Venha, Ira, precisamos ir até ali... empilhar umas pedras.

Douglas conduziu Ira para longe. Ao vê-los se afastar, a expressão de Carol ficou mais severa. Max observou tudo isso, preocupado com Carol e com a forma como Douglas e Ira pareciam ter desconfiado que Carol fosse devorá-los. Enquanto Max tentava entender por que os amigos de Carol não queriam se aproximar de sua boca, Carol se virou para ele.

— Ei, Rei, tem alguma coisa presa no meu dente? — perguntou. Agachou-se na direção de Max e abriu a boca.

Max espiou dentro da boca de Carol.

— Não estou vendo nada.

Carol abriu mais a boca.

— Será que você não tem que olhar mais lá dentro?

Antes de pensar melhor no assunto, Max se ajoelhou na gengiva de Carol e entrou em sua boca.

— Não, não. Mais para dentro — disse Carol.

Max foi mais dentro ainda, apoiando o joelho no canto da boca de Carol. Estava úmido lá dentro e o cheiro era avassalador.

— Xi... que mau hálito!

— Cuidado — disse Carol, rindo. — Eu poderia arrancar sua cabeça com uma dentada.

Então Max viu qual era o problema. Havia um pedaço de casca de árvore do tamanho de uma luva de beisebol preso entre dois dentes de trás de Carol.

— É um pedaço grande — observou Max enquanto o removia delicadamente. Ele saiu de dentro da boca de Carol e exibiu o pedaço de casca como um pescador exibe o peixe que pescou.

Carol olhou para o pedaço de casca, admirado com seu tamanho.

— Ah, nossa, obrigado — agradeceu. Segurou o pedaço de casca na mão durante alguns segundos, examinando-o. — Obrigado, Rei. Obrigado mesmo. Não posso nem dizer o quando isso é importante para mim — disse, e ergueu os olhos para Max como se o estivesse vendo pela primeira vez.

Foram interrompidos por Judith, o Touro e Alexander, que vinham correndo em sua direção, os três vendados e carregando mais ou menos uma dúzia de gatos minúsculos. Estavam rindo feito doidos, passaram correndo por Max e Carol e desceram a colina em direção ao que restava da floresta. Max sabia que deveria segui-los, que ele também precisava arrumar uma venda e alguns gatos minúsculos, então foi atrás.

22.

Houve muito mais bagunça durante a noite inteira, até a noite clarear e ir se transformando em aurora e a aurora ir virando manhã.

Max estava finalmente ficando cansado quando viu Katherine, aquela que havia lhe dado o sorriso cúmplice. Ela estava sozinha, olhando a confusão de longe. Max ficou observando enquanto ela olhava e processava tudo que acontecia com certo ar de descaso.

Então Max fez a coisa óbvia: subiu correndo um tronco de árvore inclinado até ficar mais alto do que ela, e então pulou em suas costas, rosnando feito um lobo.

Surpresa, ela cambaleou para trás e caiu no chão, rindo.

— Vou comer você no café da manhã! — gritou Max, fingindo que a barriga dela eram flocos de aveia e que o polegar dele era uma colher.

— Tá bom, tá bom — disse ela com um suspiro. — Só não me tempere. Eu já sou muito boa pura.

Isso fez Max rir, e arrancou de Katherine uma sonora gargalhada que despertou a atenção dos outros monstros.

— Vá lá e seja sociável — disse Judith, empurrando Alexander bem na direção de Max e Katherine.

Agora Max estava montado em Katherine, e Alexander montou em cima dos dois e, como uma pilha parecia estar se formando, Carol veio correndo e pulou em cima de todos. Ao ver aonde aquilo estava levando, Max entrou mais para dentro da pilha todo encolhido, encontrou um vão seguro e cobriu a cabeça. Judith logo se juntou a eles, Ira veio em seguida, e por fim Douglas e o Touro. Cada aterrissagem fazia a terra tremer.

Depois que todos chegaram, Max acabou indo parar em um buraco na parte de baixo da pilha. Lá dentro era escuro e peludo, mas ele podia imaginar o aspecto da pilha pelo lado de fora — provavelmente vinte e quatro toneladas de corpos peludos formando uma montanha de dez metros de altura.

Grunhidos e piadas ricocheteavam lá dentro.

— Alguém está com a perna no meu sovaco!

— Quem está babando?

— Babando? Pensei que fosse gosma de ouvido.

— Alguém está sentindo cosquinha?

— Carol, não tem graça. Pare com isso.

— É *mesmo* gosma de ouvido. Mas não tem o mesmo gosto da minha.

A confusão de corpos havia criado uma rede de túneis do tamanho de Max, então ele começou a engatinhar por eles. Enquanto engatinhava, sentiu vontade de fazer cosquinha em todo mundo, e foi o que fez, o que aumentou o volume das risadas. Eram risadas graves, estrondosas, risadas fortes e vibrantes que balançavam as paredes dos túneis, modificando-as, e de repente a perna de Max ficou presa debaixo de um monte de pelanca e pelo. Ele a puxou, mas não adiantou nada. Então começou a ficar claustrofóbico e bem nervoso.

Dentro daquela muralha de corpos, uma cabeça de repente

se virou e um par de olhos imensos se abriu como dois faróis ganhando vida. Max olhou para cima. Era Katherine.

— Oi — disse ela.

— Oi — disse Max.

— Tudo bem com você?

— Meu pé ficou preso.

Com o braço livre, ela empurrou a pelanca de alguém para longe e soltou o pé de Max.

— Agora você ficou me devendo uma — falou.

— Tá bom — respondeu ele. Gostou da ideia de ficar lhe devendo uma.

Ela olhou para Max, e por alguns instantes sorriu.

— Nossa, eu não consigo nem *olhar* para você.

Ela fechou os olhos com força.

— Por quê? — perguntou Max.

Os olhos dela continuaram fechados, e um largo sorriso se estampava em seu rosto.

— Não sei. Acho que você parece *bom*, só isso.

— Como assim? — indagou ele.

Ela abriu um dos olhos, só uma frestinha.

— É, nossa. É quase insuportável.

Max não soube o que dizer. Katherine então abriu o outro olho só um pouquinho.

— Agora já estou me acostumando — disse ela, apertando os dois olhos. — Mas é como olhar para uma luz muito forte.

Max sorriu. Será que ela estava vendo alguma coisa nova nele? Sua barriga não parava de roncar como se estivesse partindo ao meio, escorrendo por suas pernas — ele gostava daquela criatura, de seus olhos acesos e de sua voz rouca, gostava tanto dela que não conseguia controlar as próprias entranhas.

— Por que você veio para cá, afinal? — perguntou ela.

Max pigarreou e pensou em como poderia explicar.

— Bom, eu sou explorador — respondeu, tentando soar profissional. — Eu exploro.

— Ah, então você não tem casa nem família?

— Não. Bom. Quer dizer... — Pensando bem, aquela era uma pergunta difícil. O que havia acontecido com a sua família *afinal*? A impressão é que fazia muitos meses que não os via. Tentou explicar. — Bom, eu *tinha* família, mas...

— Você devorou todo mundo? — deixou escapar Katherine, muito animada.

— Não! — arquejou Max.

Katherine rapidamente voltou atrás em sua suposição.

— É claro que não! Quem iria fazer uma coisa dessas?

Max deu de ombros.

— Então o que *foi* que aconteceu? — perguntou ela.

Max não tinha certeza de como poderia explicar o que havia acontecido.

— Não sei — começou ele. — Eu fiz uma coisa. Quer dizer, acho que fiz coisas para eles não gostarem mais de mim.

— Por isso você foi embora — disse ela em tom casual. — Faz sentido. Você vai voltar?

— Não. Eu não posso — respondeu ele. — Eu causei danos permanentes.

Katherine meneou a cabeça com gravidade.

— Danos permanentes. Nossa, isso parece bem sério. — Com a mesma rapidez, ela abriu um sorriso mais largo e mais cheio de dentes do que da última vez. — Bom, agora você é o nosso rei. Quem sabe não vai fazer um bom trabalho por aqui.

Max acreditava mesmo que poderia fazer isso.

— É, vou sim — disse.

Nessa hora, um corpo que estava por cima de Katherine mudou de posição e pareceu aumentar a pressão sobre a cabeça dela. Ela fez cara de dor, e sua expressão mudou de um sorriso sonolento para um ar de quem estava fazendo uma grande contorsão.

— Tudo bem aí? — perguntou Max.

— Tudo, estou acostumada com esse tipo de coisa — respondeu ela. — Bem, boa noite — disse Katherine, embora seu rosto ainda estivesse imprensado.

— Boa noite — respondeu alguém.

Os monstros começaram a desejar boa noite uns aos outros, e isso acabou se transformando em um burburinho de conversas sobre as melhores partes da bagunça.

Ira riu.

— Lembra de quando jogamos você para cima, Judith? Você estava tão linda.

— Eu fico mais bonita quando sou arremessada no ar, é isso que você está dizendo? Por acaso estava bonita quando minha cabeça bateu na pedra? — De repente, ela soltou um gritinho agudo. — Ei, quem está fazendo cosquinha?

Ira foi o segundo a sentir.

— Ai! Acho que é Carol. É você, Carol?

Carol riu.

— Quem, eu? Eu nunca...

Judith deu um muxoxo.

— Há anos que você não faz cosquinha, Carol. Por acaso é a influência do nosso novo rei? Será que devemos esperar mais cosquinhas?

— Eu já disse, não fui eu! — falou Carol.

Então Judith soltou mais um gritinho.

— Aí não, Carol! Estou me sentindo vulnerável! Não!

À medida que o resto da pilha se acalmava e começava a dormir e a roncar, Max rastejou para fora dos corpos amontoados em busca de ar fresco. Acomodou-se na periferia da montanha de pelos, descansando a cabeça em cima da perna de alguém. O céu estava começando a mudar, e o mundo pulsava com a luz rosada e diáfana da aurora. Havia destroços espalhados por toda parte, como uma paisagem após um terremoto, e Max se sentiu perfeitamente em casa.

23.

Max ainda estava meio dormindo, de olhos fechados, quando percebeu que estava balançando. Sentiu uma leve brisa no rosto, um ar fresco e cortante. Percebeu que não se encontrava mais no meio da pilha — lá o cheiro era forte, e a pelagem suada deixava o ar carregado. Por um instante, temeu estar de volta ao mar agitado, mas quando abriu os olhos, viu os imensos chifres amarelados de Carol à esquerda e à direita, e percebeu que estava encarapitado nas costas de Carol, sendo transportado bem alto acima do chão.

— Eu não quis acordar você — disse Carol. — Mas estou contente que esteja acordado agora. Quero mostrar uma coisa para você.

— Tá bom — disse Max, começando a absorver tudo que o cercava. De um dos lados, o mar lá embaixo era dourado, cintilante e infinito, e o céu tinha um intenso azul-cobalto. De seu posto de observação nas costas de Carol, todas as cores ali naquela ilha pareciam três vezes mais brilhantes e claras, vibrantes.

Max esticou a mão até acima da cabeça.

— Cadê minha coroa?

— Hoje você não vai precisar dela — explicou Carol. — Pus a coroa debaixo da fogueira para você.

— Ah. Tá bom, obrigado — disse Max. Só depois de alguns instantes percebeu que não sabia por que sua coroa estava debaixo da fogueira. Mas aquilo parecia fazer sentido para Carol, e ele não quis questionar os costumes.

Afastaram-se da colina e atravessaram a floresta, onde a vegetação parecia estranha e nova — samambaias cor de laranja, musgos amarelos, trepadeiras brancas estriadas.

Max tentou absorver aquilo tudo, porém sentia-se exausto. Não podia ter dormido mais de algumas horas. E estava todo sujo. O cheiro das secreções de seu corpo estava mais forte do que nunca, e agora seus próprios cheiros haviam sido realçados pelos odores bem mais pungentes dos monstros. Ele não era muito fã de tomar banho, mas nessa manhã percebeu que ansiava por uma chuveirada quente e demorada.

— Então, como foi que você chegou aqui, afinal? — perguntou Carol.

— Eu? Vim de barco — respondeu Max.

Carol emitiu um assobio casual.

— Nossa. Você deve ser um marinheiro incrível.

— É. Mas eu não gosto muito de velejar — disse Max, recordando de repente o tédio da viagem, o brilho ofuscante e sem fim do sol sobre a água.

— É, nem eu — disse Carol, animado. — Velejar é muito chato! E a coisa que eu mais detesto no mundo é ficar entediado. Se o tédio estivesse aqui na minha frente agora — ele de repente começou a falar mais alto —, não sei se conseguiria me controlar. Eu talvez devorasse o tédio e pronto!

Os dois riram. Max sabia exatamente do que Carol estava falando. Ele mesmo já tinha desejado devorar e matar muitas coisas chatas. Tantas que nem era possível contar.

No caminho, Max reparou em uma fileira de árvores com buracos abertos no tronco. Os buracos eram certinhos e redondos, mais ou menos da altura dos monstros. Deviam ser os buracos de Ira, pensou.

— Você ontem à noite ficou conversando com Katherine — comentou Carol.

— A menina? — indagou Max. — É, ela é legal.

— É, é sim. Ela é um amor. Ela é... ela, ãhn... — Carol emitiu uma espécie de risadinha forçada. — Aposto que ela contou a você algumas coisas sobre mim.

— Não — respondeu Max, tentando se lembrar. — Não, ela não disse nada.

— Não? Não mesmo? Nada? — Carol deu uma risada bem alta, achando aquilo divertido. — Que *fascinante*.

Max e Carol continuaram andando por um caminho sinuoso.

— Vocês têm pais? — perguntou Max.

— Como assim? — quis saber Carol.

— Tipo pai e mãe?

Carol fitou Max com um olhar intrigado.

— É claro que sim. Todo mundo tem. Só que eu não falo com os meus porque eles são malucos.

Os dois passaram por algumas das paisagens mais bizarras que Max já tinha visto tanto na vida real como em sonhos. Colinas que pulsavam feito gelatina, rios que mudavam de curso na metade, pequenas árvores cujos troncos, quase translúcidos, engoliam a luz do sol e a transformavam em algo cor-de-rosa e vítreo.

— Está vendo, Max — explicou Carol, conforme saíam da floresta e entravam em uma região de areia cinza azulada e tundra —, tudo isso que você está vendo é o seu reino. Praticamente tudo que existe nesta ilha. As árvores com buracos no tronco são de Ira, claro, e um pouco da praia pertence de certa forma a Katherine, mas, tirando isso, é tudo seu. E existem partes da floresta em que os animais com certeza matariam você, mesmo você sendo o rei. Eles são só teimosos, não ligue. Mas tirando isso você é sem dúvida o líder supremo, e pode fazer o que quiser com as coisas. E se alguém disser que é diferente, ou tentar devorar as suas pernas e braços ou a sua cara, tudo que você precisa fazer é vir me procurar e vamos esmagar essa pessoa com pedras ou alguma coisa assim.

Max concordou.

Entraram em um espaço plano, pedregoso e desolado. Max já conhecia aquele tipo de paisagem graças à aula do sr. Wisner. Desceu das costas de Carol para inspecionar em volta.

— Está vendo aquela pedra? — perguntou Max, apontando para uma lasca de obsidiana curva. — Aquilo antes era lava. E algum dia vai virar areia.

Carol ficou muito impressionado.

— E depois vai virar o quê?

— Não sei... — respondeu Max, sem resposta. — Pó talvez?

— Pó, é? — disse Carol. — Pensei que você fosse dizer fogo.

Os dois caminharam um pouco, escutando apenas o vento.

— Sabia que o sol vai morrer? — indagou Max.

Max disse isso sem pensar. Mas depois que fez a pergunta sentiu-se feliz. Imaginou que Carol poderia muito bem ter uma resposta para ela.

Carol parou e baixou os olhos para Max, depois os ergueu para o sol.

— O quê? *Aquele* sol?

Max aquiesceu.

— Morrer? Como é que o sol poderia morrer? — perguntou Carol, genuinamente incrédulo.

— Não sei. Ele vai ficar escuro e talvez se transforme em um buraco negro.

— Um o quê negro? Do que é que você está falando? Quem foi que disse um negócio desses para você?

— Meu professor. O senhor Wisner.

— Senhor Wis-o quê? Isso não faz sentido. — Carol tornou a erguer os olhos para o sol, imóvel e radiante. — Não vai acontecer nada disso. Você é o rei! E olhe só para mim. Nós somos grandes! — Ele abriu bem os braços, expandido o peito descomunal. — Como é que caras grandes como nós podem se preocupar com uma coisinha à toa como o sol?

Max deu um sorriso débil.

— Quer que eu devore o sol, Rei? — perguntou Carol. — Eu posso dar um pulo e devorar esse patife antes de ele morrer ou coisa que o valha. — Ele pulou, estendendo a pata peluda em direção ao sol.

Max riu.

— Não, não. Não faça isso — disse.

— Tem certeza? Parece bem gostoso.

— Não, pode deixar.

Carol pousou a mão na cabeça de Max.

— Tá bom. Mas é só me dizer. Vamos, já estamos quase lá.

Foram andando em meio à lava, depois por um labirinto de pedras prateadas, altas e afiadas, com um formato parecido com dentes. Eram milhares de pedras por toda parte.

— Espere só até chegarmos lá — disse Carol, já se animando. — Você vai adorar. Se alguém é capaz de entender, esse alguém é você. Eu vejo o jeito com que você olha para as coisas. Você tem olhos bons.

Nesse instante, um animal imenso — com quase vinte metros de altura — veio se aproximando com um andar pesado, vindo lá de longe, por cima de um cume deserto. Parecia-se muito com um cachorro.

— O que é *aquilo ali?* — perguntou Max, esperando ouvir a história de alguma criatura mítica com um nome mítico.

Carol apertou os olhos e protegeu-os com a mão para ver melhor.

— Ah, é um cachorro — disse. — Eu não falo mais com esse cara.

Max e Carol subiram a íngreme encosta de uma colina cheia de grandes pedras prateadas. As enormes pernas de Carol faziam com que escalar as pedras gigantes fosse muito mais fácil para ele do que para Max. Enquanto Carol saltava de uma para a outra como se estivesse subindo os degraus de uma escada, Max precisava se esforçar para acompanhá-lo, pois tinha de encontrar apoio para o pé em cada pedra.

Quando estava quase exausto demais para prosseguir, Max ouviu a voz de Carol, vinda de muito alto.

— Chegamos. Ou pelo menos eu cheguei.

Max olhou para cima e viu Carol em pé diante da entrada de uma fantástica e estonteante estrutura de madeira construída no flanco da montanha. O desenho da estrutura era totalmente singular, curvo como as casas que haviam destruído na primeira noite, mas bem mais completo e grandioso, um palácio de vários andares ancorado de alguma forma na perpendicular, na encosta da colina. Max chegou à pedra chata em cima da qual Carol estava em pé. Carol sorria feito um louco.

— Está pronto? — perguntou Carol.

Max estava ofegante por causa da subida, mas não conseguiu esperar. Aquiesceu.

Carol olhou em volta para se certificar de que ninguém os havia seguido, então conduziu Max para dentro.

24.

O lugar tinha um pé-direito alto e estava iluminado por uma luz cor de pêssego. Era algum tipo de ateliê, todo bagunçado e cheio de projetos: artefatos parecidos com pipas pendurados no teto, caixas hexagonais espalhadas pelo chão, tudo esculpido de forma surpreendentemente detalhada, com desenhos e mais desenhos. No teto havia uma centena de claraboias, todas ovais, que deixavam entrar a luz brilhante do sol filtrada por algum tipo de vidro cor da pele.

Max percorreu o salão devagar, absorvendo tudo aquilo. Havia artefatos por toda parte, réplicas de animais esculpidas ou montadas em madeira, rocha e pedras preciosas. As paredes estavam cobertas por uma infinidade de desenhos, pinturas, diagramas e planos.

Sobre a mesa de trabalho principal, uma cidade inteira havia sido construída, com quase seis metros de comprimento e dois de altura: prédios em formato de montanhas ou colinas compunham um desenho organizado, quase quadriculado. A arquitetura da cidade era parecida com a do acampamento que haviam destruído:

linhas retas compridas que se curvavam devagar, retorcendo-se como saca-rolhas relutantes. Os detalhes eram perfeitos e meticulosos. Aquilo parecia ter levado dez anos para ser construído. Era um mundo em miniatura — controlável, previsível, ordenado.

— Foi você quem fez isso? — perguntou Max com uma voz que era um sussurro de assombro.

— Foi — respondeu Carol, que graças ao olhar de Max via a própria obra com outros olhos.

— Está muito bom — disse Max. — Eu queria poder encolher para entrar lá dentro.

A boca de Max se abriu em um sorriso bobo.

— Bom, então é isso que você deveria fazer! — Ele guiou Max até debaixo da mesa, onde tinha aberto um buraco na parte de cima. Max subiu pelo buraco e foi parar no meio do mundo em miniatura.

— Só uma vez eu mostrei isso para alguém, e ela na verdade não entendeu — disse Carol, e essa mera recordação pareceu lhe causar dor. Ao perceber que aquilo o estava deixando deprimido, Carol mudou de assunto. — Ah! Ponha os olhos aqui.

As imensas patas de Carol posicionaram a cabeça de Max para deixar seus olhos no mesmo nível da rua da cidade em miniatura. Enquanto estava concentrado nos detalhes dos prédios, Max ouviu um barulho de água. Carol tinha entornado uma jarra, e logo a água começou a correr lentamente pelas ruas.

— Sempre pensei que seria melhor se tivéssemos rios para ir de um lugar para o outro — comentou Carol.

Max observava do nível do chão. As ruas agora estavam cobertas de água, e uma minúscula embarcação atravessou um cruzamento, aparecendo e tornando a sumir.

Então Max viu que a minúscula embarcação abrigava réplicas minúsculas e grosseiramente esculpidas de Carol e Katherine. O barco a remo logo adentrou uma rua mais larga onde havia muitas outras canoas, todas com criaturas a bordo. Dali a pouco, a canoa que levava Carol e Katherine fez uma curva — em uma bifurcação, pegou à esquerda, enquanto o restante dobrava à direita — e, instantes depois, bateu de frente em um poste, derrubando os dois bonequinhos para fora do barco. Eles logo afundaram.

Max ergueu os olhos para Carol, abismado. Carol não percebeu — estava muito entretido na fabricação de uma nova estrutura para a cidade em miniatura. Com grande delicadeza, ia esculpindo uma fina prancha de madeira usando a garra do dedo mindinho.

Max achava incrível como Carol, que tinha o corpo rijo de músculos e pesava facilmente mais de trezentos quilos, era capaz de trabalhar com tanta minúcia. O olhar de Max voltou-se outra vez para a cidade. Ele olhou debaixo da mesa. Não havia nada ali, só umas poucas gotas nos pontos onde as ruas vazavam.

— O que iria acontecer debaixo da cidade com toda essa água? — perguntou Max.

— Não sei — respondeu Carol, com a curiosidade despertada.

Max realizou um exame mais detalhado da parte inferior.

— Você poderia fazer um mundo inteiro debaixo d'água. Esse mundo seria de cabeça para baixo, e tudo poderia ficar pendurado no teto como estalactites. Debaixo das ruas haveria peixes. E os trens do metrô teriam de ser submarinos.

— Nossa — disse Carol, pensando naquilo tudo. — Que boa ideia. É. O seu cérebro me agrada, Max.

Max sorriu. Era a primeira vez que alguém lhe dizia uma coisa assim. Ele adorou o fato de Carol gostar do seu cérebro.

Carol olhou para a cidade, vendo-a através dos olhos de Max.

— Eu adoro construir prédios. Este aqui foi o primeiro que fiz. Tento fazer prédios dentro dos quais seja agradável ficar. Como este aqui. Venha cá.

Max deu um passo na direção dele. De repente, Carol o envolveu em um abraço de urso.

— Que tal este abraço? — perguntou Carol.

— Humm, peludo? Quentinho. Gostoso.

— Isso. Eu quero construir um mundo inteiro assim. Você já foi a algum lugar que deveria ser gostoso, mas que dá a sensação de estar fora de controle, como se você fosse muito pequeno? Como se todas as pessoas fossem feitas de vento, como se você não soubesse o que elas fossem fazer dali em diante?

Max assentiu vigorosamente.

— Quando? — quis saber Carol.

— Bem — disse Max, surpreso por ser posto na berlinda dessa forma. — Uma vez eu fui à casa de um amigo meu, e todo mundo na família dele tinha a boca enorme, mas não tinha orelhas. E no lugar onde deveriam ter tido orelhas eles só tinham outras bocas, de modo que não podiam ouvir.

Carol estava fascinado.

— E quando você falava — continuou Max —, eles não conseguiam nem escutar. Até o namorado da mãe tinha três bocas. E tudo que eles faziam o tempo inteiro era comer e falar.

Carol estremeceu exageradamente.

— Irk. Quem quer morar em uma casa dessas? Nós precisamos de um lugar onde as pessoas não tenham três bocas, onde o sol não possa morrer de uma hora para outra e onde não seja possível uma montanha simplesmente desabar em cima de alguém. Eu quero construir um lugar onde só aconteçam as coisas que você *quiser* que aconteçam.

Depois de algumas horas no ateliê, Max e Carol acharam que estava na hora de irem se juntar novamente aos outros.

— Seus súditos reais estão à sua espera.

Max aquiesceu, solene.

— É verdade — concordou.

Porém, na descida da encosta pedregosa, Max teve uma ideia, e pareceu-lhe que essa ideia deveria ser concretizada para o bem da ilha.

Ele queria que Carol erguesse um dos enormes rochedos da encosta — um dos degraus que conduzia ao ateliê — e o atirasse de cima da colina para dentro do oceano lá embaixo.

Carol sorriu.

— Sério? — perguntou.

— Sim — respondeu Max com gravidade. — É uma ordem.

— Por mim, tudo bem — disse Carol, e se agachou diante do rochedo. Soltando um forte grunhido, ergueu a pedra, com o rosto contorcido e cheio de veias saltadas. Deu uns poucos passos rápidos até a beira da colina, arrastando os pés no chão, e então soltou a pedra. Ficaram ambos olhando enquanto ela caía e ricocheteava com violência, quicando na encosta da colina e desaparecendo no mar lá embaixo. Ao cair, o rochedo levou consigo uma centena de outras pedras.

Max se virou para Carol, sorrindo.

— Nossa, que boa ideia! Vamos fazer de novo!

Max apontou para outro rochedo, e Carol, obediente, ergueu-o e atirou-o colina abaixo. Novamente a pedra levou consigo um bom pedaço da encosta.

— Tudo bem, quem quer ser o próximo? — perguntou Max, olhando para os rochedos restantes. Olhou para três deles, apontando para um de cada vez, examinando-os um depois do outro com grande desconfiança.

Apontou para um deles.

— Você? — O rochedo não disse nada.

— Você? — Esse segundo rochedo também preferiu ficar calado.

O terceiro rochedo, pensou Max, o estava encarando com um ar meio atrevido.

— Pegue aquele ali, Carol — ordenou ele.

Então Carol ergueu aquele rochedo e lançou-o colina abaixo. Enquanto a pedra quicava em direção ao mar, uma miniavalanche desceu rugindo rumo ao oceano e aterrissou na água com um longo e forte chiado.

Com todos os rochedos que antes conduziam ao ateliê de Carol agora lá embaixo no mar, chegar lá em cima iria ficar difícil, mas Max e Carol não estavam pensando nisso naquele momento. Pelo menos Max não. Ele estava pensando em quanto medo haviam provocado no coração das pedras na encosta da colina, e provavelmente de todas as pedras da ilha.

Max riu até começar a soltar o ar pelo nariz.

— Cara... ai, cara, essas pedras estão mesmo com medo de nós!

Carol sorriu.

— Estão mesmo, Rei. E elas têm razão. Bom trabalho.

25.

Quando Max e Carol voltaram para o local onde antes ficavam as casas dos monstros, Max pôde ver o resultado da farra da noite anterior. Havia ruínas por toda parte. Árvores e galhos carbonizados. Imensos buracos no chão. E todas as suas casas-ninhos estavam tão destruídas, pisoteadas no chão, que mal era possível reconhecê-las.

Os outros monstros estavam reunidos em meio à devastação, alguns andando de um lado para o outro, outros de braços cruzados, todos com ar impaciente. Não havia sinal de Katherine.

Ira mastigava nervosamente o braço de Judith e, quando todos viram Max e Carol descendo a colina na direção deles, Ira afastou os dentes do braço dela para falar.

— Onde vocês estavam? Nós ficamos aqui esperando. Sozinhos.

Os outros emitiram murmúrios que eram quase rosnados. Max levou a mão até debaixo dos restos da fogueira e recuperou sua coroa. Colocou-a sobre a cabeça com uma careta. Ainda estava quente.

— Sem o nosso rei — acrescentou Judith, afastando a boca de Ira de seu braço com um tapa. Os dentes haviam deixado uma fileira de marcas profundas.

Então todas as criaturas — Judith, Ira, Douglas, o Touro e Alexander — rodearam Max, parecendo muito contrariadas. Quando elas se aproximaram, o cheiro ficou fortíssimo. Durante a bagunça, os monstros haviam suado muito e agora recendiam a vinagre e húmus. Max pensou se deveria ficar preocupado, visto que os monstros o estavam cercando mais ou menos da mesma forma que tinham feito na noite anterior. Teria ficado mais preocupado se Carol não estivesse em pé atrás dele. Mesmo assim, sabia que precisava explicar sua ausência.

— Eu tinha que visitar o meu reino — disse Max, tentando soar o mais régio possível. — Para conhecer tudo. Carol me levou para fazer um *tour*.

A onda da raiva dos monstros pareceu recuar por um instante, depois retornou com um estrondo.

— E por que é que nós não fomos convidados? — perguntou Judith. — Eu poderia ter mostrado tudo a você. Não teria gostado, mas teria mostrado mesmo assim. Provavelmente. Se estivesse inspirada.

— Judith, pare com isso — disse Carol, pousando a mão em seu ombro. — Levar o rei para fazer um *tour* era obrigação minha, e foi isso que eu fiz.

— Eu não queria participar do *tour* mesmo — disse Ira.

— Está vendo? — disse Carol. — Ninguém perdeu nada. Está tudo como deveria ser.

Essa explicação foi aceita com um coro relutante. Judith se sentou, apoiou a cabeça no queixo e ergueu os olhos para Max.

— Então, Max — começou ela. — Ou Rei. Qual é o seu nome, afinal? Rei Max ou alguma outra coisa?

— O nome dele é Rei, Judith — respondeu Carol.

Ela sorriu.

— Humm. Rei Judith, isso. Gostei do som desse nome. — Isso arrancou uma risadinha de Alexander. — Então, Rei Max — continuou Judith. — Que tipo de rei você vai ser?

O rosto de Carol se contraiu.

— Judith, não...

— Estou só *perguntando*. Você passou o dia inteiro andando pela ilha, sem dúvida falando de todos nós, dizendo quem era bom e quem não era tão bom, e enquanto isso nós ficamos aqui sofrendo.

Carol revirou os olhos.

— Sofrendo? É mesmo?

Judith fungou.

— É — disse ela em voz baixa. — Sofrendo com todas as perguntas. E com a dúvida.

— E com o vazio — acrescentou Ira.

— E com o vazio — repetiu Judith. — Eu quase me esqueci do vazio. Ira está sentindo o vazio. Vocês sabem como Ira se sente em relação ao vazio. — Ao ver o ar de incompreensão de Max, ela explicou. — Ele não gosta do vazio. O vazio o deixa se sentindo oco. E, quando ele se sente oco, começa a me mastigar, e isso me deixa irritada. E quando eu fico irritada, mastigo pequenas coisas feitas de osso e sangue.

Ira, que agora estava novamente mastigando o braço de Judith, sussurrou bem alto no ouvido dela:

— E os martelos...

— Isso — disse Judith —, está lembrado dos martelos, Max? Você contou aquela história sobre os martelos, e sobre como havia um rei capaz de deixar os martelos felizes. Bem, os martelos estão infelizes, Max. E os martelos? Um dia inteiro já se passou, e até agora nada mudou. Os martelos estão chateados.

Carol riu, ignorando a pergunta dela.

— Judith, por favor. Me diga que não está feliz agora. Nós todos estamos felizes. — Ele se virou e descobriu uma única árvore ainda de pé, destacada na paisagem erma. — Árvore, me diga que está infeliz. — A árvore não respondeu. Ele então se virou para um grupo de pedras, entre as quais uma com a qual Douglas havia se atracado na noite anterior. — Pedras, me digam se estão se sentindo incompreendidas. — As pedras não responderam. Então, com os braços abertos, Carol olhou para o céu. — Céu, me diga se está se sentindo mal-amado. — Não houve resposta. Ele então tornou a se virar para Judith. — Está vendo, todas as outras coisas do mundo estão perfeitamente satisfeitas.

Max sorriu diante daquela demonstração de Carol, e Carol retribuiu seu sorriso. Ele então abocanhou a cabeça de Judith. Max congelou, pensando que alguma coisa violenta estivesse prestes a acontecer, mas em vez disso Carol sacudiu afetuosamente a cabeça dela, como um cachorro brincando com um brinquedo de morder.

Judith riu.

— É, é, tá bom, entendi, você venceu, Carol — disse ela, libertando-se e enxugando a saliva de Carol das orelhas —, mas ele é o rei de todo mundo. O que vai fazer por nós?

— Está certo. Claro — disse Carol. — Entendi. Eu sei. Mas dê uma chance a ele, só isso. Max tem várias ideias ótimas. O cérebro dele é o melhor que eu já vi. — Ele então se virou para Max. — Vá lá, Max, conte a eles o seu plano para tornar tudo melhor para todo mundo o tempo todo para sempre.

26.

Mais uma vez, Max vasculhou o veludo negro do próprio cérebro e encontrou alguma coisa. Seria uma pedra preciosa? Não tinha certeza.

— Que tal um desfile? — sugeriu.

Tudo que conseguiu como resposta foram olhares de incompreensão. Ninguém sabia o que era um desfile. Max, porém, adorava desfiles, desde que nascera havia participado de desfiles todos os anos, menos no ano anterior, quando teve de ficar no apartamento do pai sem fazer nada o dia inteiro a não ser querer estar no desfile do qual deveria estar participando.

Ele fora convidado para desfilar em cima do capô de um dos carros em miniatura, do tamanho de caiaques, conduzidos pelos membros do Rotary Club. Tinha ensaiado com o sr. Leland, o homem mais velho de rosto oval que usava um chapéu tipo fez não só durante os desfiles, mas o tempo todo. Algumas pessoas o chamavam de Fez, e sempre que alguém o chamava de Fez ele fingia espanto com aquele apelido. Então, depois de alguns instantes pensando, dizia: "Ah, por causa do chapéu!".

Isso sempre punha quem estivesse usando o apelido no seu devido lugar. As pessoas que inventavam apelidos em geral eram as menos criativas do mundo, dizia ele.

Enfim, o desfile tinha caído em um dos dias que Max deveria passar com o pai na cidade. Desde que fora embora de casa, seu pai havia tentado evitar qualquer situação em que pudesse encontrar um, dois ou algumas centenas dos amigos da mãe de Max, então o desfile estava fora de cogitação.

— Um des... O que é isso? — perguntou Ira.

— Um desfile? — Max explicou que um desfile era, em primeiro lugar, uma das grandes invenções da humanidade. Em segundo lugar, disse, era a melhor maneira de mostrar aos cidadãos de qualquer civilização que havia um novo rei. No desfile, Max conduziria todos os seus novos súditos ilha afora, batendo os pés no chão com força e cantando várias canções, e de preferência fazendo isso de modo que todos os milhares de animais menores que habitavam a ilha escutassem.

— Nossa, parece ótimo — disse Douglas.

Assim, todos formaram uma fila, com Max na frente de cetro na mão. Ficou decidido que iriam desfilar pela floresta, ao redor da fenda causada pela erosão, pelo prado multicolorido — Max ficou sabendo que era lá que moravam os minitornados, e que ele os veria na hora em que os visse —, para depois finalmente terminar na lagoa onde, supôs Max, poderiam nadar um pouco para se lavar do suor provocado pelo desfile. Os desfiles que ele fazia em casa geralmente terminavam na piscina municipal, e ele passara a associar o final do desfile com uma enorme algazarra na piscina maior, mergulhos do trampolim mais alto, e brincadeiras de cabra-cega dentro d'água até tarde da noite.

— Todo mundo pronto? — perguntou.

Carol estava logo atrás dele, seguido por Douglas. Depois vinha Judith, em seguida Ira, Alexander e o Touro.

— Cadê a Katherine? — perguntou Max.
— Não podemos esperar por ela — disse Carol depressa.
— Ela não iria mesmo querer fazer esse tipo de coisa — disse Douglas com um muxoxo. — Ela não gosta muito de participar, Rei.

Todos concordaram.

— Isso poderia reduzir a *aura* dela — disse Judith, imprimindo bastante sarcasmo à palavra "aura".

Max não gostava da ideia de desfilar sem todos presentes, mas um desfile daqueles, pronto para partir, não podia esperar. Então ergueu bem alto seu cetro, endireitou a coroa e respirou fundo.

— Avante! — gritou.

Max saiu marchando da maneira mais marcial e própria a um desfile de que era capaz, levantando bem alto os joelhos e erguendo o cetro acima da cabeça a cada passo.

O resto dos participantes do desfile foram atrás e, instigados por Max, improvisaram da forma que julgaram adequada. Carol começou a marchar com os dois braços erguidos acima da cabeça feito um zumbi. Douglas marchava arrastando os pés para um lado e para o outro, o que parecia bem mais difícil e cansativo do que o necessário, mas Max achou que dava um certo estilo ao desfile. Judith e Ira marchavam de forma relativamente tradicional, para a frente e erguendo bem as pernas a cada passo, embora Ira, por causa do equilíbrio ruim, tivesse dificuldades para andar em linha reta. Max não conseguia ver muito bem nem o Touro nem Alexander, mas estava certo de que ambos sabiam o que estavam fazendo e faziam jus ao desfile.

Depois de desfilar por cerca de uma hora através de uma floresta esparsa, em boa parte carbonizada e pisoteada na noite anterior, Max estava começando a lamentar a única parte que evidentemente faltava àquele desfile: espectadores.

Bem na hora em que começava a se perguntar o que poderia ser feito para solucionar esse problema, viu o que pareciam ser centenas daqueles gatos minúsculos que tinha visto ao passar pela mata na noite anterior. Os bichos começaram a surgir por toda parte ao longo do caminho, sentados ou em pé sobre as árvores caídas. Todos assistiam ao desfile como se aquela fosse a primeira demonstração daquele tipo que já tinham visto. E provavelmente era mesmo, pensou Max.

Quando os outros participantes do desfile perceberam os gatos assistindo, puseram-se a desfilar com mais energia, erguendo as pernas mais alto e arrastando os pés com mais força. E esse esforço extra pareceu atrair mais espectadores. De repente, milhares de olhos surgiram pelo caminho, a maioria pertencente aos gatos, mas também a delicados brotos do que pareciam ser samambaias. Max olhou mais de perto, imaginando que aquilo fosse alguma espécie de anêmona terrestre com centenas de olhos, cada qual situado na ponta de uma longa haste sinuosa. Não soube dizer se aquelas criaturas eram capazes de pensar, quanto mais de compreender a grandiosidade do desfile, mas isso não tinha muita importância. Conforme Max ia marchando, tudo que conseguia ver eram as órbitas daqueles olhos, todas vidradas, todas fascinadas.

Estavam mais ou menos a meio caminho da lagoa, segundo as estimativas de Douglas, e Max começava a se cansar. Teve uma ideia que poderia resolver seu problema de cansaço e que ao mesmo tempo continuaria respeitando os padrões dos desfiles.

Escalou a perna de Douglas até suas costas e passou algum tempo desfilando ali, apontando a direção com o cetro. Depois de alguns minutos ali, porém, Max começou a ficar entediado, então resolveu começar a pular das costas de um para as costas de outro, feito um macaco-aranha. Aquilo era bem mais complicado do que se poderia imaginar ao observar macacos-aranha mas, sempre que Max escorregava, uma gigantesca pata aparecia para tornar a colocá-lo no lugar. Max tinha certeza de que, no futuro, aprenderia a pular melhor, mas em todo caso iria viajar assim dali em diante. Era mais rápido do que caminhar, e ele gostava bem mais da vista dali de cima.

Sentado sobre a cabeça do Touro, e enquanto o resto dos participantes seguia desfilando, sua mente pôs-se a considerar todas as possibilidades — todas as coisas que poderia e deveria fazer com sete gigantescos companheiros de brincadeira —, e a primeira e mais óbvia parecia ser a seguinte: ele e seus companheiros deveriam construir um barco de algum tipo. Pulou para cima de Ira e começou a falar antes mesmo de concluir o pensamento:

— É, vai ser um navio-vampiro — disse Max —, o maior e mais veloz navio-vampiro já criado. E vamos precisar de muitas árvores. Vamos precisar de, ãhn... vinte... Não, mais! Vamos precisar de uma centena dos troncos mais grossos de árvore da ilha. Ira, você vai pegar as árvores.

— Tá — respondeu Ira.

— E de muita corda. E de algumas velas. — Ele pulou para cima de Douglas. — Douglas, você tem que ir pegar as velas. As melhores velas que um homem já viu!

— Pois não, Rei Max — respondeu Douglas, e com a garra fez algum tipo de anotação no próprio braço.

— Eu serei o capitão e, Judith, você ficará responsável pela velocidade. Precisa garantir que tenhamos bom vento. — Judith pareceu muito satisfeita com esse pedido. — E, Ira, você pode ficar no leme. Como se chama a pessoa que maneja o leme do barco?

— Capitão? — sugeriu Ira, hesitante.

— Bom, tá, então eu fico no leme. O capitão sou *eu*.

— E eu fico encarregada do vento? — indagou Judith. Seus olhos pareciam antever esse novo e crucial papel.

Max assentiu.

— Do vento e do tempo, é. E da velocidade.

— E eu? — perguntou Alexander.

— Você pode ser o vigia — disse Max.

— Não, eu não quero vigiar — disse Alexander. — Ou talvez quisesse se o navio fosse diferente e eu fosse o capitão e não você.

Max não soube o que responder a Alexander. Fez uma anotação mental para tentar evitar qualquer contato com ele no futuro.

— Psiu. Ei, Rei!

Max se virou e viu Katherine escondida no oco de uma árvore imensa. Ela acenou para que ele se aproximasse. Aliviado por se afastar do bode, Max pulou das costas de Douglas e foi até onde ela estava.

— Preciso falar com você — disse ela.

— É mesmo? — disse Max. — Sobre o quê? — Ele não queria abandonar o desfile, então tentou fazê-la falar enquanto continuava andando junto com o grupo.

Mas ela não quis fazer isso.

— Precisamos de um pouco de privacidade — sugeriu, puxando-o para fora da trilha.

Max na verdade não achava que devesse abandonar seu desfile, mas havia algo muito intrigante em Katherine. Os outros não iriam sentir sua falta só por um tempinho.

— Segure aqui — disse Katherine, apontando para o pelo de seu cangote. — Segure firme.

27.

Max segurou, e imediatamente seus pés saíram do chão. Com Max nas costas, e a uma velocidade incrível, Katherine subiu na árvore onde estava escondida. Subiu tão depressa, parecendo um esquilo, que ele mal conseguiu se segurar. Em poucos segundos, chegaram ao topo de uma árvore de quinze metros e folhas roxo-claras, e Katherine se acomodou sobre uma plataforma que havia apoiado nos dois galhos mais altos da árvore. Pôs Max de pé, e ele viu que estava encarapitado em um poleiro de madeira quadrado com três metros de largura.

— Gostou daqui de cima? — perguntou ela.

Ele aquiesceu, assombrado. Da plataforma podia ver a ilha inteira: as florestas que pareciam couves-flores, o deserto vermelho escuro, os despenhadeiros negros e azuis, o oceano com seu horizonte que parecia um eterno sorriso. Olhou para baixo, onde Katherine estava deitada de bruços sobre a plataforma estreita.

— Ai, cara, essa subida me deixou dolorida. Pode andar um pouco em cima das minhas costas? — pediu ela.

Max não entendeu o que ela estava querendo dizer.

Ela ergueu os olhos para ele e os revirou.

— Estou dolorida. Você acha que poderia andar nas minhas costas?

— Como assim? Pisar em você de verdade? — perguntou ele.

— É, pisar em mim e depois andar um pouco.

Max não conseguia enfiar essa ideia na cabeça.

— Vamos, pise aí e pronto — disse ela.

Ele mirou com o pé na direção de seu tórax.

— Vamos, Rei! — disse ela, agarrando o pé dele.

Com cuidado, Max começou a andar em cima de Katherine. Ela era macia em alguns pontos, e em outros ele pôde sentir os feixes de músculos sob o pelo grosso.

— Ai, que delícia — disse ela.

Max tentava não machucá-la, ao mesmo tempo que se esforçava bastante para manter o equilíbrio. Qualquer escorregão e ele cairia de cima de Katherine, cairia da plataforma e despencaria quinze metros. Katherine não parecia estar nem um pouco preocupada com esse perigo.

— Agora pule bem depressa, como se estivesse andando sobre brasas — pediu ela.

Ele fez o melhor que podia.

— Ótimo, ótimo — disse ela. — Esse é o único jeito de se livrar dos nós.

Max diminuiu o ritmo dos pulos, torcendo para que aquilo terminasse logo.

— Pronto? — perguntou.

— Claro. Obrigada, Rei — agradeceu ela, e logo se virou de costas, forçando Max a dar passos velozes, como quem anda sobre uma tora de madeira, até ficar em pé sobre a barriga dela.

— Por favor, mais devagar — pediu ele.

Katherine ergueu os olhos para ele como se avaliasse se deveria lhe perguntar o que estava com vontade de perguntar.

— Ei, Max, você já teve a sensação de estar, tipo assim, preso debaixo de outras pessoas? — perguntou ela, apertando os olhos para ele e parecendo imensamente aliviada por ter dito isso. — Eu algumas vezes me sinto encurralada debaixo das pessoas... no mau sentido. Entende o que quero dizer?

Max começou a formular uma resposta, mas ela não parecia precisar de nenhuma.

— Sei lá — continuou ela —, eu tenho a sensação de estar constantemente sobrecarregada com as *questões* de todo mundo. Sabe como é?

Max achava que sabia. Será que sabia mesmo? Não tinha certeza, mas pouco importava. Simplesmente gostava de estar ali com ela, só os dois. Ela parecia interessada nele, em estar apenas com ele e conversar apenas com ele, e Max estava com dificuldade para respirar.

Katherine sorriu para ele.

— Eu estava quase enlouquecendo antes de você aparecer. Você é diferente, sabia? Você é... — Ela pareceu prestes a dizer algo muito sério, mas depois mudou de ideia. — Tem menos pelos, sabe, e é mais limpo... Tem um cheiro melhor. Não é um cheiro muito bom, mas é melhor.

Max riu.

— Rei? — Era uma voz distante, talvez de Carol, vinda bem lá de baixo. — Max?

Max pulou de cima da barriga de Katherine e tentou espiar por entre as copas das árvores para localizar o desfile. Sabia que precisava voltar.

Katherine deu um suspiro.

— É, eu sei. Você é o *rei* e tal. Desculpe afastar você dos seus súditos reais. Espere aí. Eu conheço um atalho.

Max se agarrou outra vez aos pelos de seu cangote, e Katherine pulou imediatamente da plataforma — dez metros para cima, trinta metros para baixo e depois mergulhou no que parecia ser um emaranhado de árvores quinze metros mais abaixo. No entanto, conforme eles desciam, outra plataforma apareceu, e Max percebeu que iriam aterrissar em cima dela. Preparou-se para um impacto doloroso, mas, assim que tocaram a plataforma, tornaram a se erguer no ar. Katherine havia conseguido só tocar a superfície da plataforma por uma ínfima fração de segundo antes de tornar a saltar na direção da árvore seguinte e da plataforma seguinte. Seguiu saltando e pulando desse jeito, mais ágil do que um canguru ou um sapo, por mais seis árvores, e cada salto era mais emocionante do que qualquer montanha-russa ou *bungee-jump* que Max já tivesse experimentado ou visto, e o único problema foi o vômito em sua fantasia de lobo. Ele vomitou duas vezes, é verdade, mas foi um vômito do tipo agradável.

Por fim, Max sentiu que estavam descendo, descendo mais e mais. Viu a lagoa à sua frente, um espelho d'água verde na forma de um cão adormecido, e um pouco antes da lagoa viu o grupo de monstros caminhando naquela direção.

28.

Pousaram devagar, como se estivessem presos a uma centena de paraquedas. Haviam chegado à lagoa antes dos outros, e Katherine fez questão de que todos reparassem em sua chegada. Ninguém ficou impressionado, e Carol não pareceu nada satisfeito. Tinha o rosto contorcido em uma expressão raivosa.

Max foi correndo até ele.

— Ei! Pronto para nadar? — perguntou.

Carol deu de ombros.

— Qual o problema? — perguntou Max.

— Onde vocês estavam? — quis saber Carol.

— Quem? Eu e Katherine? Nós viemos por outro caminho, só isso.

— Mas você deveria ter encabeçado o desfile.

— E foi o que eu fiz.

— Mas depois parou de fazer.

Havia na voz de Carol uma nova rispidez que Max não conseguia entender. Será que ele de fato estava zangado por algum motivo?

— Bom, foi porque eu tive que ir ver uma coisa com Katherine. Agora vamos nadar. Você gosta de água?

— Não — respondeu Carol, chocho. — E também não gosto de velejar. Lembra?

Max não se lembrava.

— Ouvi dizer que você estava falando em construir um barco com todo mundo. Por que faria isso?

— Como assim?

— Por que iria precisar de um barco, Max? Já está pensando em ir embora?

— Não, não — respondeu Max. — Seria só por diversão. Ou para alguma emergência. — A expressão de Carol estava mais sombria, e seus olhos haviam diminuído de tamanho. Aquela expressão perturbou tanto as ideias de Max que ele começou a gaguejar. — O barco vai ter um trampolim. E um aquário bem grande. Um aquário debaixo d'água, dentro do navio, para podermos guardar peixes, lulas e outras coisas de que gostamos...

A explicação não estava adiantando nada.

— Mas eu pensei que tivéssemos dito que velejar era chato — falou Carol. — Não foi isso que você disse hoje de manhã mesmo? Nós conversamos sobre eliminar tudo que fosse chato e agora você quer *velejar*? A coisa mais chata de todas?

— Bem — balbuciou Max, sem ter a menor ideia de como conciliar essas duas coisas. — Não precisamos construir o barco. Foi só uma ideia.

— E por que você iria querer construir sem mim? Aqui quem sabe construir coisas sou eu.

— Eu *não ia* construir o barco sem você — disse Max. — Só estava explicando para os outros. Nós íamos construir juntos. Todo mundo.

— Mas não parece que você quer que todo mundo fique junto. Se quisesse, não teria pego esse tal caminho alternativo com Katherine. Afinal de contas, o que o caminho dela tem de tão incrível?

Max precisou pensar. Aquilo estava ficando complicado demais depressa demais. Sentiu o próprio cérebro fugir e se esconder. Se ao menos conseguisse fazer Carol entrar na água para brincar de cabra-cega, ele não ficaria chateado com aquelas bobagens.

— Vamos nadar e pronto — disse Max. — Vamos?

— Vão vocês na frente — disse Carol, afastando-se até um canto escuro da lagoa para esperar a raiva passar. Max o viu se sentar, segurar o queixo com as mãos e ficar assim, emburrado. Sentiu-se tentado a ir conversar com ele, mas sabia que o tempo curaria aquela ferida, que Max imaginava ser pequena, superficial até. Esperava que o mau humor de Carol passasse quando ele visse todos se divertindo à sua volta.

— Vamos lá, todo mundo, vamos nadar! — exclamou Max.

Ele saiu correndo pela grama, subiu uma pequena inclinação na margem e caiu como uma bomba dentro d'água.

Ninguém o imitou.

— Tá bom, todo mundo agora faz o que eu fiz — gritou ele. — Quem é que consegue dar a melhor bomba? Katherine?

Ela fez que não com a cabeça.

— Eu na verdade não gosto desse tipo de coisa — disse ela. — Estou bem onde estou.

— Douglas? — tentou Max.

Douglas pareceu lisonjeado por ter sido chamado, então se preparou para seguir Max para dentro d'água.

— Espere aí! — disse Carol.

Douglas estacou. Max se virou. Carol estava ajoelhado à margem da lagoa, com a orelha colada ao chão coberto de musgo.

— O que foi? — perguntou Max.

Carol ergueu a mão, como quem pede para esperar. Fechou

os olhos, passou o que pareceu um minuto inteiro escutando a terra com atenção, depois se levantou.

— Provavelmente não é nada — disse, sabendo que tinha a atenção total de todos.

— O que foi? — tornou a perguntar Max.

Carol não respondeu.

— Você acha que não é nada? — indagou Ira.

Os outros monstros estavam congelados, com os olhos arregalados de preocupação. Carol ficou parado por alguns instantes com expressão de quem estava refletindo muito.

— Não é nada, não se preocupem — disse, em um tom cujo objetivo era evidentemente causar ainda mais preocupação. — Divirtam-se. Eu aviso se precisarem se preocupar.

Max não estava disposto a desistir da lagoa, da cabra-cega e da possibilidade de concluir o desfile da forma como este precisava ser concluído.

— Tá bom, agora todo mundo dentro d'água! — gritou Max. Começou a jogar água em Douglas e Ira, mas agora ninguém mais queria entrar. Continuavam todos olhando para Carol, que de tempo em tempo se ajoelhava para escutar o chão.

— Estou mandando vocês nadarem! — disse Max.

Ninguém se mexeu.

Por fim, Max teve de sair da lagoa e ir cuidar daquilo pessoalmente. Segurou cada nadador em potencial pela mão, arrastou-o até a água e empurrou-o para dentro. Ficou agradavelmente surpreso com a forma como todos flutuaram — pareciam boias, mantendo-se acima da superfície com uma facilidade incrível.

Logo conseguiu fazer todos entrarem na água, e estava tentando atrair a atenção deles para as regras da cabra-cega.

— Tá bom, é o seguinte: vocês têm que fechar os olhos. Esperem, quem fecha os olhos sou eu. Depois saio nadando quando vocês disserem "Marco". Não, quem diz "Marco" sou eu, aí vocês dizem "Polo". E quando vocês disserem "Polo", eu tento pegar quem falou. Ou posso ouvir quando disserem, então nado na direção do som...

A menção da palavra "som" só fez as criaturas voltarem a pensar no que Carol estava escutando no chão, o que quer que fosse, então elas concentraram toda sua atenção nele. E Carol parecia estar levando muito a sério aquela tarefa. Sua boca se movia em silêncio, como se ele estivesse repetindo quaisquer que fossem as coisas horríveis que o chão lhe contava.

Max, contudo, estava decidido a fazer da lagoa um sucesso. Se ao menos pudesse convencer todo mundo a entrar na água, sabia que iriam adorar brincar de cabra-cega e que iriam se esquecer das palavras sem som de Carol e de todas as outras coisas em que estavam pensando.

— Ei, Carol — disse Max —, você acha que seria legal se alguém descesse da cachoeira?

Carol deu de ombros.

— Ira, desça da cachoeira — ordenou Max.

Ira passou alguns instantes sentado e então, resignado, ficou em pé e escalou devagar o paredão da colina. Lá no alto, onde a água olhava para baixo e despencava, sentou-se e, sem qualquer alegria ou inspiração, deixou-se levar. Mas não estava posicionado corretamente. Desceu de um jeito desanimado, de bruços, e Max viu que iria bater na água com uma sonora e dolorosa barrigada.

E foi o que aconteceu. O barulho, que parecia uma camiseta molhada estatelando-se em uma superfície de cimento, causou quase tanta dor aos ouvidos quanto sem dúvida provocou em Ira.

Alguns minutos transcorreram antes de Ira emergir da água, trêmulo. Ele passou algum tempo boiando de costas, gemendo, chorando, fungando e depois gemendo mais um pouco. Todos os monstros lançaram olhares terríveis para Max.

A lagoa não foi um sucesso, e as ideias de Max para promover algum tipo de diversão ou felicidade na vida de seus súditos estavam se esgotando.

— Psiu. — Max olhou para cima e viu Katherine bem alto acima dele. Ela estava pendurada no galho baixo de uma árvore. — Vamos sair daqui — disse.

Max ficou muito feliz em vê-la e sentiu muita vontade de ir embora com ela, de ficar livre, mesmo que momentaneamente, das obrigações de agradar a todos. Estava levantando os braços para que ela pudesse erguê-lo até as árvores quando...

— Esperem! — disse Carol, caindo de joelhos no chão. — Escutem! — Ele encostou a orelha na terra.

Todos se calaram e ficaram rígidos.

A expressão no rosto de Carol se tornou séria.

— O quê? O que foi? — perguntou Judith.

— Isso não está soando nada bem — respondeu Carol.

Os outros se reuniram depressa ao redor de Carol, e Douglas e Judith quase pisotearam Max para chegar até lá.

— O que foi? Alguma vibração? — perguntou Douglas.

— Sussurros? — acrescentou Judith. — Ruídos?

Carol abaixou a cabeça e aquiesceu.

— Vibrações, ruídos *e* sussurros, infelizmente — disse ele.

— Ai, não — gemeu Ira. — De novo, não.

— Parece estar perto? — choramingou Alexander.

Carol olhou para eles com uma expressão que parecia dizer: "Não sei muito bem, mas poderia perfeitamente estar aqui embaixo, pronto para devorar todos nós de uma só vez".

— Então o que é que ainda estamos fazendo aqui? — indagou Judith em um lamento.

— Saiam correndo! — berrou Douglas.

E todos saíram correndo.

29.

Os monstros se espalharam em sete direções diferentes. Então, um a um, viraram-se a fim de ver para onde Carol estava correndo, e mudaram de direção para segui-lo. Até mesmo Katherine desceu dos galhos lá em cima para sair correndo atrás de Carol. Max fez o mesmo.

— Carol! — berrou. Max estava correndo mais depressa do que nunca e mal conseguia falar, mas precisava saber o que estava acontecendo. — Por que estamos correndo? — ele conseguiu dizer, ofegando e segurando a lateral da barriga.

Carol não respondeu. Nem sequer olhou na sua direção.

— Carol! — tornou a berrar Max. Carol estava correndo a quase cinquenta quilômetros por hora, calculou. Max não tinha a menor condição de acompanhá-lo. Bem na hora em que Carol desapareceu descendo uma ribanceira, Max viu Ira vindo atrás de si.

— Ira! — berrou Max. Ira era mais vagaroso, mas ainda assim muito mais veloz do que aparentava ser. Arquejando e chorando, ele quase atropelou Max, parecendo nem sequer tê-lo visto. Não disse uma só palavra ao passar correndo.

Nenhum monstro parecia preocupado com o fato de estar deixando seu rei para trás. Avançavam por cima de qualquer coisa, derrubando e pisoteando qualquer folhagem que estivesse na sua frente. Bufavam e gemiam, seus olhos lacrimejavam e seus braços se agitavam no ar à sua frente. Estavam enlouquecidos. Tudo que Max pôde fazer foi seguir a larga clareira que os monstros desembestados abriram nas árvores e na vegetação.

Max correu até estar a ponto de vomitar. Apoiado em uma árvore para recuperar o fôlego, finalmente os viu além da mata, todos os seis monstros, em uma campina multicolorida. A grama ali era comprida, macia, e formava uma colcha de retalhos de cores contrastantes — ocre, preto, violeta, fúcsia. Os monstros estavam reunidos no centro, em um largo círculo, ofegantes. Alguns haviam desabado no chão. Quando Max se aproximou, eles pareceram prestar pouca ou nenhuma atenção nele.

Max foi até Carol.

— O que era?

— O que era o quê? — indagou Carol.

— Aquele som. Aquilo de que nós fugimos.

— Você não sabe? — perguntou Carol.

Max fez que não com a cabeça.

Carol ficou surpreso, ou fingiu ficar.

— Não sabe mesmo? — tornou a perguntar.

De repente, alguém fez Carol se virar. Era Judith, com a pata em cima do ombro de Carol.

— Cadê o Douglas? — perguntou ela com uma expressão de pânico no rosto.

Carol deu de ombros. Ele se virou para Max.

— Está vendo Douglas por aí?

Max não o tinha visto. Carol lançou-lhe um olhar irritado, como quem diz: "O que é que *você* sabe, Rei?".

— Vai ver ele não estava conosco desde o começo — disse Carol.

— É claro que estava — retrucou Katherine.

Mas de repente todos os outros pareceram inseguros. Katherine se virou para Max.

— *Você* viu Douglas conosco?

Max tinha visto, sim, e estava prestes a dizer isso quando Carol o interrompeu, tapando a boca de Max com a pata gigantesca.

— Não faça isso, Katherine. Não o meta nessa história. Douglas não veio.

— É claro que veio — disse ela, espantada. — Ele estava conosco há poucos minutos.

— Infelizmente você está enganada — disse Carol, encerrando o assunto.

— Não estou acreditando em você — disse Katherine. — Será que não percebe mesmo quem está ao seu lado? É mesmo tão egoísta a ponto de não se lembrar quem de nós quatro ou cinco está por perto em algum momento? Você por acaso olha ou escuta algum de nós?

Isso deixou Carol furioso. Antes, porém, de ele conseguir formular uma resposta, Katherine se virou para o restante do grupo.

— Muito bem, quem acha que Douglas *estava* conosco pode se levantar. E quem acha que ele não estava pode se sentar.

Todos começaram a se sentar e a se levantar de acordo com a resposta, embora estivessem nervosos por tomar partido.

Carol se irritou.

— Não, não! Quem achar que ele *não* estava conosco, pode se levantar. E quem achar que ele *estava*, pode se deitar no chão.

— Não — disse Katherine, com o rosto ficando vermelho. — *Eu* já estava em pé! Por que é que você precisa fazer isto, mudar até o jeito como eu organizo as coisas? Você deixa tudo dez vezes mais difícil do que precisa ser.

— Não deixo, não.

— Deixa, sim.

— Não deixo, não.

Katherine virou-se outra vez para o grupo, e todos estavam prestando muita atenção no debate, como crianças em um teatrinho de marionetes.

— Muito bem, todo mundo que achar que Carol torna as coisas dez vezes mais difíceis do que precisam ser, levante a mão esquerda. Quem achar que ele *não* torna as coisas mais difíceis, levante a mão *direita*.

Todos começaram a levantar um braço ou outro, hesitantes.

— Esperem aí — disse Judith. — Precisamos nos sentar também? Ou essa parte já terminou? Não gosto de ficar sentada quando as pessoas me mandam sentar. Tira o prazer...

— Esqueçam — disse Katherine. — Não vale a pena. — E ela se afastou, desaparecendo entre as sombras da floresta antes de dar um salto para cima.

Instantes depois, ouviu-se um farfalhar vindo da mata e Douglas surgiu entre duas árvores, entrando na clareira. Parecia tonto, exausto.

— Descobriu o que era? — perguntou-lhe Judith.

Douglas fez que não com a cabeça.

— Não.

— Ouviu alguma coisa? — perguntou Ira.

— Não. Ou talvez sim — respondeu ele. — Não sei. Ouvi um barulho alto e ritmado, como de alguém bufando. Foi bem alto mesmo e durou o tempo todo que eu corria. Mas agora passou.

Ira e Alexander pareciam preocupados. Carol meneou a cabeça, solene, como se aquilo infelizmente confirmasse suas suspeitas. Só a Judith ocorreu contrariar aquela afirmação. Ela revirou os olhos e soltou um suspiro exagerado.

— Era a sua própria *respiração*, Douglas. É claro que parou. Você parou de *correr*. — No entanto, embora Judith não acreditasse muito no relato de Douglas sobre os barulhos debaixo da terra, não duvidava da existência do ruído. — Carol — disse ela —, quando você escutou, alguma vez pareceu que era alguém bufando?

Carol foi diplomata.

— Acho que poderia ter sido, em algum lugar lá embaixo. E o som é diferente dependendo do ouvido de cada um, claro. Você, Judith, talvez escutasse alguma coisa mais entrecortada e raivosa. Talvez fossem ruídos específicos a seu respeito, e a todas as coisas que você fez de errado. Ira talvez escutasse alguma coisa aberta e oca, como um som vazio, um vácuo, o barulho de um poço sem fundo. Eles sabem mesmo como nos atingir.

Judith encarava Max com um olhar intenso.

— Então, Rei, o que devemos fazer?

— A respeito de quê? — indagou ele.

— Como assim, a respeito de quê? A respeito dos barulhos que existem debaixo da terra e que são cruéis conosco. A respeito do quê mais seria? — disse ela. — Precisamos matar essa coisa, não é, Carol?

Carol assentiu.

Max não tinha absolutamente nenhum plano.

— Então, qual é mesmo o barulho? — perguntou ele.

Judith estava indignada.

— Espere aí. Você não sabe sobre o ruído? Não sei o que é pior: o ruído, ou o fato de o nosso rei não saber nada a respeito. Como é que você pode governar isto aqui se não sabe sobre os barulhos debaixo da terra?

— Eu não disse que não sabia — falou Max. — Só estava perguntando a vocês o que *vocês* achavam que era. Lá de onde eu venho, o ruído tem um som diferente, só isso.

Max se ajoelhou e escutou a terra.

— É, estou ouvindo com certeza. Só que aqui é mais baixo do que lá de onde eu venho. O nosso ruído lá é superalto e parecido com dentes.

Isso fez todos prestarem atenção.

— E o que vocês faziam em relação a isso? — perguntou Douglas.

— Ah, várias coisas — respondeu Max, sem ter a menor ideia.

— Como por exemplo? — quis saber Ira.

— Bom, uma das coisas é que nós berrávamos bastante. Berrávamos bastante ao ar livre, porque assim não escutávamos o ruído.

Isso não pareceu impressionar ninguém.

— E a outra coisa era que batíamos com os pés no chão com bastante força. Do mesmo jeito que estávamos fazendo no desfile. Fazíamos isso o tempo todo, para que os sons soubessem como éramos grandes. Algumas vezes calçando botas pesadas.

Os monstros acharam isso um pouco mais convincente.

— Então tá — disse Judith. — Então vocês espantavam o ruído com as botas. O quê mais? Imagino que tenham conseguido se livrar dele?

— Ah, sim, bem depressa. Foi fácil — disse Max.

— Como? — perguntou Carol, com uma expressão de súplica nos olhos.

Agora Max estava encalacrado. Não conseguia ver nem ouvir a coisa que eles temiam, mas precisava pensar em um jeito de matá-la. Tinha certeza de que seria capaz de encontrar um jeito de matar qualquer coisa no mundo, contanto que pudesse *vê-la* — sobretudo com sete gigantes ao seu lado —, mas e se não soubesse nada sobre ela? Estava encurralado. Precisava ganhar tempo.

— Não posso contar a vocês hoje — disse —, só amanhã. Amanhã vou contar. — Era uma péssima desculpa, Max sabia que era, no entanto estava funcionando. Todos meneavam a cabeça como quem reconhece que um problema assim precisa de um dia de reflexão do rei. Ele então acrescentou o toque final à mentira. — Eu só preciso ficar aqui um pouquinho, testando o chão e, ãhn, vendo qual dos meus métodos vai funcionar melhor para matar o ruído.

Todos aquiesceram vigorosamente, imaginando os muitos métodos para matar que eles próprios conheciam.

— Vocês ouviram o rei — disse Carol, enxotando todos dali. — Ele precisa de tempo para pensar. Vamos dar um pouco de espaço a ele. — Ele os empurrou para fora da clareira. Antes de deixar Max sozinho, Carol tornou a se virar para ele.

— Espero mesmo que você consiga matar o ruído, Max — disse. — Realmente iria nos ajudar muito. Tenho a sensação de que não durmo há muitos anos.

Dizendo isso, ele se foi.

30.

Max tirou da cabeça sua pesada coroa e sentou-se na campina multicolorida, sozinho, tentando entender exatamente como tinha ido parar sentado sozinho na campina multicolorida.

Houvera o desfile, e tinha sido bom. Depois o caminho alternativo com Katherine, que também tinha sido muito bom. No entanto, quando Max chegou à lagoa, Carol não ficou nada contente por ele ter abandonado o desfile. Parecia chateado com o fato de Max ter ficado sozinho com Katherine. Max teria de tomar cuidado com isso dali para a frente. Também precisava tomar cuidado com Ira e água — Ira decididamente não parecia gostar de dar barrigadas de cima de uma cachoeira. E Judith não gostava de sentar quando lhe mandavam; gostava de sentar quando quisesse e da forma que quisesse. Isso parecia fácil de lembrar.

Tudo que Max precisava fazer, portanto, era prestar atenção para não deixar Carol chateado ficando sozinho com Katherine, e para não deixar Katherine chateada ficando sozinho com Carol, e precisava garantir que Judith ficasse entretida e que Ira fosse mantido longe de grandes alturas. Não tinha certeza do que o Touro queria, mas sabia que, para sua própria segurança, precisava ficar longe de Alexander, que desde o começo tinha uma rusga muito pessoal com Max. Será que era só nisso que ele precisava pensar?

Ah, comida. Precisava pensar em comida. Seria possível não ter comido nada desde que saíra de casa? Era isso mesmo. Nada que os monstros haviam comido até agora era comestível para Max, e sozinho ele não fazia a menor ideia de como arrumar comida ou de como reconhecer o que era comida. E não podia entrar na mata à procura de algo para comer, porque estava escurecendo depressa e ele já tinha visto cobras nas árvores, e aranhas do tamanho do seu punho fechado, e sabia que havia inúmeros outros perigos que não conseguia ver.

Mas ele se sentia razoavelmente seguro ali no meio da campina, e percebeu que, para continuar seguro, tudo que precisava fazer era seguir acordado até o dia raiar. Isso era fácil. E, enquanto esperava pelo sol, precisava apenas solucionar o problema dos barulhos no chão que Carol escutava sempre que estava preocupado com alguma outra coisa.

Sem esperar ouvir nada, Max encostou o ouvido na grama. De fato, não ouviu nada. Não havia som nenhum. Mas Carol conhecia aquela ilha bem melhor do que ele, e os ouvidos de Carol talvez fossem mais apurados do que os seus — e, de toda forma, quer Max escutasse ou não o barulho, precisava encontrá-lo e matá-lo, ou pelo menos fazer os monstros pararem de pensar nele.

Max já havia enfrentado desafios semelhantes em casa, com a mãe, uma dúzia de vezes. Ela chegava em casa exausta e desabava no sofá, ou mesmo no chão, e Max dava um jeito de diverti-la ou de acalmá-la, ou de alguma forma levá-la para um lugar diferente e mais feliz. Algumas vezes, comprava para ela uma ou duas de suas balas de Halloween. Às vezes punha as balas dentro da caixinha de música no parapeito acima da lareira. Ele pegava a caixinha, girava a manivela e a oferecia à mãe, de modo que, quando ela abria a tampa, a música começava e a bala estava ali, sempre alguma bala de que ela gostava, como por exemplo bala de mel. Às vezes ele desenhava alguma coisa para ela: um dragão com a cabeça sendo cortada por um cavaleiro ou uma baleia com braços e bigode. Ele tinha certeza de que havia inúmeras maneiras de conduzir alguém para fora de um corredor escuro da mente.

Neste exato instante, um barulho soou na mata à sua volta. Foi apenas um som agudo, meio parecido com a risada de uma hiena misturada com as batidas de um pica-pau. Era aterrorizante e descompassado, e estava ficando cada vez mais alto. A qualquer momento, Max esperava ver algum animal irromper da mata e vir correndo na sua direção.

Sabia que não iria dormir naquela noite. Poderia esperar a primeira luz da aurora e então sair à procura de Carol ou Katherine ou, na verdade, de qualquer outro monstro. E depois teria de criar algumas regras sobre ele, o rei, ser deixado sozinho no meio de uma campina a noite inteira. Precisava fazer isso sem dar a entender que tinha medo do escuro, coisa que não tinha, e sim que deveriam fazer isso para o seu próprio bem. Precisavam ficar juntos, todos eles, pois juntos estariam mais seguros e mais felizes. Ou assim ele esperava.

Max ficou sentado na campina, observando a floresta em busca de movimento. Foi então que outro barulho veio da mata logo à sua frente. Dessa vez foi um chamado alto, ziguezagueante, que foi ficando mais agudo até morrer em um suspiro alto, como um caminhão cujo motor é desligado. Foi tão ameaçador e sinistro quanto o outro barulho, e logo o primeiro e o segundo barulhos começaram a se revezar, como se estivessem entretidos em uma conversa animada cheia de ameaças e recriminações. Max teve de ficar se virando de um lado para o outro, acompanhando os barulhos, à procura de alguma coisa que se mexesse. A briga, se é que era mesmo uma briga, estava acontecendo bem longe dali e não lhe dizia respeito, mas, pensando bem, como podia estar certo disso? Talvez fosse ele a causa da briga, e poderia muito bem ser a sua vítima. Portanto, precisava ficar alerta.

Aquilo era exaustivo, mas ele sabia que a briga era útil porque o manteria acordado — não conseguia sequer pensar em descansar enquanto aquilo estivesse acontecendo. E foi assim que teve a ideia que teve. Sorriu para si mesmo, rindo até, sabendo que havia encontrado a melhor solução possível para o problema do ruído subterrâneo que atormentava a consciência dos monstros. Mal podia esperar o dia nascer para anunciar seu plano e pô-lo em prática. O plano era tão bom que ele se pegou rindo a noite inteirinha, com acessos súbitos e incontroláveis. Era o melhor, o único plano possível.

31.

Max acordou antes de o dia raiar, frio e úmido de orvalho. De alguma forma, havia pegado no sono e agora estava com fome, com sede e, percebeu, com um calafrio — não tinha ido ao banheiro desde que saíra de casa. Seu pelo estava com um cheiro horrível, e agora tinha um tom esverdeado — a água da lagoa estava repleta de algas, e havia presenteado Max com sua forte catinga.

E não havia nem sinal de ninguém por perto.

Mas pelo menos ele sabia que iria deixar todo mundo feliz neste dia. Tinha um plano, e só precisava encontrar os monstros para pô-lo em ação.

Com a luz anterior à aurora, Max pôde ver o rastro que eles haviam deixado e distinguiu com clareza as imensas pegadas de Carol saindo da campina em direção ao penhasco. Foi seguindo seu rastro pela campina, passou por um pequeno bosque de árvores e chegou a uma clareira coberta por um estranho musgo, preto e amarelo, quadriculado feito um tabuleiro de xadrez. Para lá da clareira, o oceano era um frenesi de branco. Max esquadrinhou o elétrico horizonte azul até ver o que parecia ser alguém sentado na beira do penhasco, o mesmo penhasco onde tinham uivado juntos na primeira noite de Max.

Ele correu em direção àquela forma e, ao chegar mais perto, viu que era Carol, sentado curvado para a frente e parecendo tenso.

— Carol! — berrou Max ao se aproximar.

Sem se virar, Carol ergueu a mão exigindo silêncio. Max parou a uns seis metros dele, sem saber o que fazer.

Carol continuou a fitar o horizonte, como à procura de algum sinal naquele céu que ia mudando de cor. Conforme o céu clareava, uma faixa laranja em forma de lua crescente surgiu acima da linha do mar. Carol se inclinou para a frente, aproximando-se perigosamente da borda do penhasco.

Então, quando o amarelo líquido do sol por fim despontou, o corpo de Carol relaxou e em seguida começou a se sacudir em espasmos, como se ele estivesse rindo ou chorando. Max não saberia dizer. Mas o transe, qualquer que fosse, havia se rompido.

Carol se virou.

— Ei, Max! Você estava errado quando disse que o sol iria morrer. Olhe, ele está bem ali.

Max não soube como explicar.

— Não me meta medo de novo desse jeito, tá bom, amigão? — disse Carol. Ele falou com uma voz alegre, como se o Carol rígido e distante de instantes atrás tivesse sido uma ilusão, e aquele ali fosse o verdadeiro Carol, o Carol que amava o cérebro de Max e que sabia a sensação que as coisas deviam provocar, e que só queria que as coisas certas acontecessem.

— Como vai você, Rei Max? — perguntou Carol, pondo a mão sobre o ombro de Max. — O que houve com o seu pelo? Está meio verde.

— Algas, talvez? Eu não sei — disse Max, distraído. Não

podia se preocupar com seu pelo agora. Queria saber onde estavam os outros.

— Bem, Douglas está ali — disse Carol, apontando para um montinho próximo. Max havia passado direto por ele, achando que seu corpo fosse uma saliência no chão. — Mas eu não sei onde estão os outros. Por que você quer saber?

— Eu tenho um plano — disse Max.

32.

Estavam todos reunidos em volta de Max. Carol havia acordado Douglas, e Douglas havia levantado a cabeça e emitido um chamado bizarro e estridente. Em poucos minutos, os monstros chegaram, vindos de todos os cantos da ilha. Aliás, todos menos Katherine. Max decidiu prosseguir sem ela.

— Então tá — disse ele —, eu tenho o plano perfeito. O que todo mundo aqui quer? — perguntou, embora a pergunta para ele fosse retórica.

— Nós não temos casa — disse Douglas. — Estamos dormindo ao relento porque você destruiu nossas casas.

Max estava a ponto de questionar essa afirmação, mas não o fez. Sabia que seu plano iria ofuscar pequenas preocupações como as de Douglas.

— Tá bom, certo — disse.

— Alguns de nós estão com fome — disse Alexander.

— Tá bom, claro — disse Max. — O que mais? O que vocês *querem*?

— Nós queremos o que queremos. Queremos tudo que

queremos — disse Judith com um tom casual. Ela afastou a boca de Ira de seu ombro. Ele estava mastigando de novo, aparentemente mais do que nunca. O corpo dela agora estava todo coberto por manchas roxas e azuis nos pontos onde o pelo havia sido arrancado por dentes.

Ira sussurrou alguma coisa no ouvido dela. Judith aquiesceu.

— Ah, e nós queremos não querer mais nada.

Max sorriu. Realmente tinha a sensação de ter tido a ideia perfeita para resolver não apenas essas questões, mas também aquelas que ele próprio havia identificado: a necessidade de união, amizade e divertimento, e uma impressão de ter um objetivo. Esperava que a primeira necessidade de todos fosse diversão, e imaginou que eles simplesmente houvessem esquecido que essa era, entre todas, a primeira e principal necessidade. Quando ele mencionasse isso, todos bateriam na testa dizendo *Claro!*

— E a diversão? — perguntou ele.

Todos fizeram cara de quem não estava entendendo.

— Diversão como aquela que aconteceu na lagoa? — perguntou Judith. — Se aquilo foi diversão, eu prefiro que alguém devore a minha cabeça.

— Não, não — protestou Max. — Estou falando de diversão *de verdade*.

— Ah. Diversão *de verdade* — repetiu ela, meneando a cabeça. — Espere aí. O que isso quer dizer?

— É como a diversão normal — disse Max —, só que muito melhor.

Todos pensaram sobre isso, imaginando se a diversão poderia ser a solução. Ninguém disse nada. Cada um esperava que o outro fizesse as perguntas óbvias. Houve um longo silêncio, só quebrado quando Ira pigarreou e falou baixinho, olhando para os próprios pés.

— Eu estou confuso em relação à diversão — disse.

Judith expirou ruidosamente.

— Graças a Deus *alguém* disse isso. Eu estava pensando a mesma coisa. O que é que *querer* tem a ver com *diversão*, e o que é que tudo isso tem a ver com o vazio? Não é, Ira?

Ira deu de ombros. Ele estava mais confuso do que nunca.

Carol mandou os dois se calarem.

— Diversão parece ótimo. Nós só precisamos de alguns esclarecimentos. Diga-nos o que fazer, Max.

Então Max começou a se animar. Tinha imaginado o plano inteiro na campina multicolorida, e agora podia fazer algo que sabia fazer muito bem: explicar o jogo e estabelecer as regras. Estava tão convencido de que sua ideia iria unir todos eles e deixar todo mundo em um estado de júbilo quase permanente que hesitou em simplesmente sair dizendo aquilo. Resolveu aumentar o suspense.

— Estão prontos para ouvir o plano?

Todos assentiram com a cabeça.

— Têm certeza?

Todos tornaram a assentir com a cabeça. Tinham certeza.

— Nós vamos fazer... — disse ele, erguendo e abaixando as sobrancelhas de forma conspiratória — ... uma guerra.

— Uma guerra? Tipo uma briga? — indagou Ira.

Max aquiesceu.

— É, nós vamos escolher um time e depois lutar.

Douglas inclinou a cabeça e apertou os olhos.

— E aí todo mundo vai se sentir melhor? — perguntou, como se estivesse apenas confirmando a lógica evidente daquilo tudo.

— É — disse Max. — Mais ou menos isso.

— E não vamos ficar com fome? — perguntou Alexander.

Max não sabia exatamente como uma guerra iria deixar Alexander com menos fome. Mas pensando bem, refletiu, se Alexander estivesse se divertindo a valer no meio de uma guerra, como poderia pensar em comida?

— Você não vai ter fome nenhuma — disse Max, confiante.

— E o vazio? — quis saber Ira.

— Vai ser o contrário do vazio — disse Max, embora ainda não soubesse o que Ira queria dizer com vazio. Mas, se o vazio fosse a ausência de alguma coisa, ou a ausência de tudo, então Max podia lhe garantir que a batalha era tudo menos isso. Vazio significava pequeno, e uma guerra era grande. Vazio era silêncio, e uma guerra era ruidosa, movimentada, cheia de coisas incríveis para ver e em que pensar. Se eles estivessem em guerra, como é que iriam pensar no vazio? Impossível.

Agora Judith, Ira, Douglas e Alexander estavam todos muito interessados. Achavam que uma guerra parecia uma ideia muito boa. Atrás deles, o Touro fitava Max com um olhar irado e intenso. Se Max pudesse decifrar sua expressão, teria de pensar que, de todos os monstros, o Touro era o menos favorável ao plano. No entanto, como ele não dizia nada — não tinha dito nada desde que Max chegara à ilha —, o Touro não podia realmente opinar sobre o assunto.

— Tá bom — disse Max. — Quem quer ser Bandido?

Ninguém levantou a mão.

Max apontou para Judith.

— Você pode ser Bandido. — Então apontou para Alexander. — E você. Você é Bandido. — Os ombros de Alexander despencaram. Max quase deu risada. Como é que Alexander poderia esperar um Mocinho? Ridículo. — E agora... — disse Max, considerando-se muito generoso — ... vocês podem escolher um terceiro Bandido.

— Tá bom — disse Judith. — Escolhemos você.

Max ficou surpreso, mas só por alguns instantes. Aquilo era tão absurdo que ele riu.

— Não, eu sou *Mocinho*. Eu sou o rei. Não posso ser Bandido. Eu vou escolher. — Ele apontou para Ira. — Você também é Bandido. E vocês... humm... Deveriam ter mais um...

Max ergueu os olhos para o Touro, que baixou os seus para Max de forma ameaçadora. Max olhou para os Bandidos e apontou para o Touro com o polegar.

— E ele está... ele está no time de vocês.

Nessa hora, Katherine emergiu da floresta.

Judith soltou o ar pelo nariz com desdém.

— Olhem só quem chegou com sua aura de mistério e distanciamento! Ela veio nos honrar com a sua presença.

— Não se preocupe, Judith — disse Katherine sem diminuir o passo. — Ninguém está honrando você.

— Katherine, você está no nosso time — disse Max.

Katherine sorriu. Andou até Max como se jamais pudesse ter imaginado qualquer outro arranjo.

— Eu trouxe isto aqui para você — disse Katherine, entregando a Max um emaranhado de algas marinhas. — Um presente meu e do mar.

— Ah, tá, obrigado... — disse ele.

— Por que estamos formando times? — ela quis saber.

— Para uma guerra — respondeu Max, sorrindo. — Vai ser incrível. Nós somos os Mocinhos.

— Quem mais está no nosso time? — perguntou ela.

Max explicou que o time era formado por eles dois mais Carol e Douglas. Ao ouvir isso, o sorriso de Katherine evaporou.

— Ah — balbuciou ela.

A essa altura, Carol, Katherine, Douglas e Max já estavam de um lado, e Judith, Alexander, Ira e o Touro do outro. Max se preparou para explicar as regras. Ele estava no seu elemento, inspirado pela batalha iminente.

— Então tá. A munição é esta aqui — disse, pegando um

torrão de terra. — Temos de tentar matar os Bandidos, e o que vocês precisam fazer é encontrar os maiores torrões, os que não se desm...

Então, com um forte barulho de impacto, sua vista escureceu. Ele havia acabado de ser atingido na cabeça com um torrão do tamanho de uma abóbora. Virou-se e viu Alexander — que havia lançado o torrão — já preparando outro.

— Foi cedo demais? — perguntou Alexander. — Não era esse o tipo de guerra que você tinha em mente?

33.

Max passou alguns instantes atarantado por ter sido atingido de surpresa, mas logo se recuperou.

— Corram! — gritou, saindo em disparada pela clareira em direção à mata com os outros Mocinhos em seu encalço. Eles foram perseguidos por uma saraivada inclemente de terra e pedras lançadas pelos Bandidos. O elemento surpresa, que Max pensava dominar, tinha dado grande vantagem a seus oponentes.

Max se escondeu atrás de uma árvore imensa localizada em frente ao leito seco e estreito do rio. Era uma trincheira perfeita de onde planejar e executar um contra-ataque.

Douglas foi o primeiro a chegar, pulando de cabeça para dentro da trincheira e levantando-se com um sorriso. Tinha sido atingido várias vezes pelo caminho, mas estava bem. Katherine chegou em seguida, ofegando e limpando a terra dos cabelos e da cara. Por fim, Carol deslizou para dentro da trincheira, sorridente e suado. Agora estavam os quatro ali juntos dentro da trincheira, respirando com dificuldade e sentindo-se muito vivos, muito claramente conscientes do objetivo de suas vidas — viver e atirar torrões de terra, ou então ser atingidos por outros torrões de terra e morrer. As explosões acima deles continuavam, porém Max estava tonto com a emoção incomparável da batalha. Não havia mesmo nada tão bom quanto uma guerra, pensou.

Max tentava decidir qual seria sua próxima ação quando um enorme projétil atingiu o tronco da árvore atrás deles e caiu no chão. Ao aterrissar, o projétil se desenrolou e sentou-se. Não era terra. Era um guaxinim. Ou um animal dentuço e rosado listrado feito um guaxinim.

— Oi, Larry — disse Carol para o bicho, alisando seu pelo.
— Eu sinto muito.

O animal sacudiu a cabeça, atarantado. Aparentemente, alguém do time dos Bandidos havia enrolado aquele animal chamado Larry e o arremessado contra o time de Max. Max não conseguia decidir se deveria ou não banir o uso de projéteis animais. Antes, porém, de conseguir decidir, e enquanto Larry começava a se afastar ainda tonto, Carol o agarrou, enrolou-o e arremessou-o de volta.

Ouviu-se um grito agudo vindo do campo dos Bandidos.
— Larry, seu traidor! — berrou Judith.

Max sabia que agora, enquanto o inimigo estava distraído, era hora de passar ao contra-ataque.

— Vamos lá! — ordenou, e o resto de seu time o seguiu para fora da trincheira. Porém, no mesmo instante em que se expuseram, foram atingidos por uma barragem de artilharia feita de pedras, terra e, o mais perturbador de tudo, algumas dúzias de outros bichos: gatos minúsculos, cobras e um animal parecido com uma ovelha que tinha duas cabeças, uma de cada lado do corpo.

— Recuar! — berrou Max, e eles tornaram a escorregar para dentro da trincheira. Acima deles e ao seu redor voavam outros bichos. Centenas de gatos minúsculos, pássaros que não sabiam voar e, com um sonoro impacto nas árvores atrás da trincheira, algo com o mesmo tamanho e formato de um búfalo, embora sem pelos e amarelo. Todos os bichos-projéteis sobreviviam à trajetória e, depois de algum tempo de recuperação, iam se afastando.

Mesmo assim, Max decidiu que era preciso dizer alguma coisa sobre aquele hábito de arremessar bichos. Sabia que teria de sinalizar uma trégua temporária, e para isso iria precisar de uma bandeira branca. Mas os únicos tecidos brancos de que dispunha eram sua camiseta ou sua cueca, e será que poderia de fato despir uma delas para usar como bandeira? Neste exato instante, uma saraivada de gatos minúsculos, desta vez uns cem ou mais, todos gemendo em uníssono, passou voando sobre a trincheira, indo aterrissar nas árvores mais acima. Todos deslizaram tronco abaixo e chegaram ao chão desorientados e sem parecer estar se divertindo muito.

Max na verdade não via motivo para os bichos participarem de uma guerra entre dois inimigos voluntários, então sabia que precisava fazer alguma coisa. Só precisava estabelecer alguns parâmetros com o inimigo. Então, sem tirar a fantasia de lobo — sabia que não devia fazer isso —, contorceu-se dentro de seu pelo até conseguir tirar a camiseta. Puxou-a pela cabeça.

Carol e Katherine ficaram surpresos ao ver isso acontecer. Antes, porém, que pudessem perguntar sobre aquela coisa que surgia lá de dentro — seria algum tipo de órgão não vital? —, Max já havia amarrado a camiseta a um pedaço de pau e começado a sacudi-la acima da trincheira. E a barragem de artilharia cessou logo depois.

Sentindo que era seguro se expor, Max subiu para fora da trincheira e se viu diante dos Bandidos, todos os quatro Bandidos em pé na clareira, sem se esconder, cercados pelo que pareciam milhares de bichos de todos os tamanhos, enfileirados como se fossem munição, esperando para serem usados na batalha. Os Bandidos olhavam para Max com expressões profundamente confusas. Não conseguiam entender o que Max estava fazendo com aquele pedaço de pau e aquela camiseta. Enquanto isso, Max tentava descobrir como o inimigo havia feito todos aqueles gatos e ovelhas de duas cabeças ficarem ali, parados e dóceis, esperando para serem incluídos na guerra. Aquilo era um feito e tanto, e Max pretendia lhes perguntar a respeito depois.

Por ora, no entanto, desejava estabelecer um novo pacote de regras. Baixou a bandeira momentaneamente e caminhou na direção dos Bandidos.

— Então tá — falou. — Aqui...

A frase não foi concluída, pois o braço de Alexander se ergueu e Max foi atingido na boca por uma bola gelatinosa de alguma substância. A bola o deixou estatelado no chão. Enquanto se recuperava, ele pôde ver e sentir o gosto do projétil — era alguma espécie de água-viva terrestre com muitos tentáculos e muitos membros, e um sabor amargo feito remédio. A criatura se levantou e saiu correndo, e então desapareceu dentro de um buraco invisível.

Max se levantou também.

— Esperem aí! — disse. — Vocês não podem...

E foi atingido novamente, desta vez por uma pedra. Foi só uma pedra comum, lançada por Judith, que o atingiu na barriga deixando-o sem ar. Ele arquejou, com o olhar turvo, dobrou o corpo para a frente e olhou para sua coroa, que havia caído no chão. Enquanto se esforçava para voltar a respirar, os Bandidos dispararam uma incrível barragem de artilharia feita de bolas gelatinosas, gatos minúsculos, cogumelos de oito pernas e criaturas parecidas com búfalos. Os bichos caíram ao seu redor e pelo menos mais cinco Larrys o atingiram, três deles nas partes baixas. Max agarrou a coroa, virou-se e saiu correndo, mal conseguindo chegar à sua trincheira, onde desabou no chão segurando a parte inferior do corpo.

— Que guerra ótima até agora, Rei! — disse Carol.
— É — concordou Douglas. — Quem está ganhando?

Max continuou deitado no chão, incapaz de falar. Também percebeu que tinha deixado sua camiseta no campo de batalha, e agora não tinha como sinalizar um cessar-fogo ou uma rendição. Depois de alguns minutos, Max recuperou o fôlego e conseguiu falar:

— Por que eles não pararam?
— Pararam o quê? — perguntou Carol.
— A guerra.
— Por que eles iriam parar? — perguntou Carol.

Max explicou o significado da bandeira branca.

— Ah, eu acho que eles não entenderam — disse Carol.

Katherine deu uma risadinha.

— Nós ficamos todos sentados aqui *imaginando* o que você estava fazendo com aquele pedaço de pau e aquela coisa branca. Achamos que fosse algum tipo de arma que estivesse usando, mas aí você foi atingido com tanta força que pensamos bom, provavelmente não é uma arma, já que ele está sendo alvejado com tanta força e tudo o mais. — Ela riu até não conseguir mais respirar. Carol e Douglas a imitaram.

Max estava perdendo a paciência. Disse aos companheiros que estava tentando explicar aos inimigos que eles não deveriam arremessar bichos durante a guerra, e que pedras eram duras demais e podiam machucar de verdade, e que pedaços de pau podiam arrancar um de seus olhos.

— Essas coisas poderiam causar *danos permanentes* — disse, certificando-se de que Katherine o havia escutado.

Ela então meneou a cabeça, séria.

— Então só *nós* deveríamos usar essas coisas. Faz sentido.
— Não, não! — disse Max. — Ninguém deve usar essas coisas.

Seus companheiros passaram algum tempo pensando sobre isso enquanto mais bichos, pedras e árvores explodiam ao seu redor.

— Nossa, rei — disse Douglas. — Eu queria que você tivesse explicado tudo isso para eles antes de começarmos. Agora vai ser difícil fazer com que respeitem as novas regras, já que estamos no meio da guerra e tudo o mais.

Foi então que Max viu que Alexander estava dando a volta no bosque de árvores, tentando — seria possível? — invadir a trincheira deles. Ou pelo menos tentando executar algum tipo de ataque por um ponto cego. Pensando depressa, Max pegou a maior pedra que conseguiu levantar e entregou-a para Douglas.

— Acerte aquele bode! — berrou.

Com um movimento fluido, Douglas ergueu o braço e efetuou um arremesso supersônico que fez a pedra atingir em cheio as costas de Alexander, derrubando-o sem dó.

— Nossa, que braço bom você tem! — admirou-se Max. Douglas olhou para o próprio braço como se nunca o tivesse visto de verdade.

— Faça isso de novo! — disse Max, e Douglas fez outro arremesso devastador na direção de Alexander, que continuava no chão. A segunda pedra o atingiu na coxa e, com o impacto, emitiu um som bem alto e que soou bem dolorido. Na verdade, Max não gostava tanto assim de Alexander, e ficou feliz em se vingar daquele primeiro ataque traiçoeiro que dera início à batalha toda.

— Que incrível! — disse Max a Douglas. — Você tem o melhor braço daqui!

A cabeça de Carol se virou e ele lançou para Max um olhar muito surpreso e depois severo. Max não teve certeza do motivo daquele olhar, nem teve tempo para pensar nisso, porque nesse instante Alexander começou a se levantar. Estava fungando, assoando o nariz e talvez até chorando.

— Você não pode me atingir por trás! — berrou ele. — Não foi justo!

Então ouviu-se a voz de Judith:

— Ah, Alexander, por favor. Não chore. Você não pode chorar em uma guerra. — Em seguida ouviu-se o murmúrio de uma conversa entre ela e Ira. — Até mesmo Ira está dizendo que você não pode chorar em uma guerra. Ah, espere aí. — Ela tornou a se virar para Ira, que sussurrou alguma coisa em seu ouvido. — Ira está dizendo que você pode soluçar, mas não chorar.

— Estou pouco ligando para o que Ira diz! — falou Alexander. — Ele não tem o direito de falar aqui!

Max estava achando toda essa conversa um saco, e a voz de Alexander, mais do que qualquer uma que já tivesse escutado, lhe dava vontade de sufocá-la.

— Acerte ele outra vez — disse a Douglas.

E Douglas lançou uma pedra, dessa vez maior do que as duas anteriores, e por um segundo a pedra escondeu por completo a cabeça de Alexander. O bode caiu e parou de se mexer.

Max ficou muito feliz por alguns segundos — porque uma mira como aquela era bonita de se ver —, mas depois, aos poucos, começou a se sentir meio mal. Alexander continuava imóvel. A barriga de Max se contraiu quando ele pensou que havia ordenado a morte de um menino-bode, mas nesse instante Alexander se levantou com um pulo. Cruzou os braços e fez uma série de gestos obscenos tanto para os Mocinhos quanto para os Bandidos.

— Eu desisto — disse com um rosnado, e saiu andando.

Max precisava pensar naqueles últimos acontecimentos. Não tinha gostado de ser atingido por uma pedra — sua barriga ainda estava doendo por causa da pedra lançada por Judith —, mas, pensando bem, quando seu time havia usado pedras contra Alexander, isso o fizera se render. Agora os Bandidos só tinham três soldados, o que tornava mais provável a vitória do time de

Max. Então tudo agora fazia todo o sentido. Ele estava errado em querer proibir pedras ou mesmo animais. A chave era usar qualquer arma, todas as armas disponíveis, mas se certificar de vencer quando elas fossem usadas. Max tinha certeza de que, com o braço de Douglas no seu time, os Mocinhos iriam vencer. E mesmo que ele quisesse mudar as regras e restringir o uso de determinados tipos de munição, teria de encontrar um jeito de fazer os Bandidos escutarem. Eles não haviam reagido à bandeira branca, então Max concluiu que a única forma de acabar com aquilo tudo seria, em primeiro lugar, vencer, e vencer de forma a deixar o inimigo a tal ponto incapacitado que ele então teria a oportunidade de lhes dizer — se é que decidisse mesmo lhes dizer isto — para não atirarem pedras nem animais da próxima vez. Era bem simples.

Com esse plano em mente, ele formulou uma estratégia. Seu time iria recuar até a colina que havia atrás deles e então lançar um ataque lá de cima com força total.

Quando Max deu a ordem, os quatro abandonaram a trincheira e saíram correndo para o meio da mata, subindo depois a colina.

A artilharia animal continuava chovendo à sua volta, atingindo o chão com baques e gritinhos antes de se afastar cambaleando. Os gritinhos e grunhidos eram tantos que, quando Douglas desapareceu dentro de um buraco, deixando escapar um gritinho rápido ao fazê-lo, nenhum dos integrantes do time de Max percebeu o que havia acontecido. Max, Carol e Katherine tinham ido se refugiar atrás de um rochedo grande perto do buraco quando finalmente o escutaram.

— Oi? — chamou Douglas lá de dentro.

— O que houve? — perguntou Max.

— Acho que eu caí dentro de um buraco — respondeu Douglas.

Carol estalou os dedos.

— Eu sabia! Ia dizer que ele tinha caído dentro de um buraco ou então ficado invisível.

Ninguém tinha a menor ideia de como tirar Douglas dali. Ele havia caído uns seis metros.

Enquanto isso, o fogo da artilharia animal estava chegando mais perto. Max sabia que eles precisavam subir mais alto para sair da linha de alcance. Sabia também que, quando chegassem alto o bastante para organizar um contra-ataque, precisavam deixar o inimigo a tal ponto fora de combate que o seu time teria tempo suficiente para resgatar Douglas do buraco.

Lá do fundo da terra, Douglas pigarreou.

— Ah, e eu também acho que tem algum tipo de planta comendo a minha perna esquerda. Então, o quanto antes vocês conseguirem me tirar daqui, melhor.

Max estava em pé na entrada do buraco, tentando ver como poderiam tirá-lo de lá, quando foi atingido no pescoço por alguma coisa. Seria uma pedra? Parecia uma pedra. Ele olhou para baixo e viu que era uma cobra enrolada em volta de uma pedra. A cobra, ao ver que Max era a coisa picável mais próxima disponível, picou Max.

— Ai! — berrou ele.

Katherine olhou para Max como se ele houvesse acabado de fazer uma coisa muito mal-educada.

— Shh — disse ela. — Você vai deixar a cobra magoada.

A cobra se afastou rastejando, desolada.

— Não foi legal isso que você fez — disse Katherine. — A mordida não foi venenosa nem nada.

Max de repente ficou muito preocupado.

— Venenosa?

— Espere aí, talvez tenha sido venenosa, *sim* — disse ela, segurando o queixo com a mão. — Daqui a alguns segundos nós vamos descobrir. — Ela ficou olhando para Max, examinando seus olhos e sua boca. Finalmente satisfeita, sorriu.

— Não era venenosa. Senão você já teria morrido. Que bom que você foi mordido pelo tipo certo de cobra.

Tum! Outra pedra, outra pedra de verdade, acertou Max na barriga, no mesmo lugar de antes. Desta vez ele não teve certeza de quem a havia lançado, mas aquilo o deixou mais zangado do que nunca.

— Subam a colina! — ordenou Max.

Ele, Carol e Katherine subiram até o topo da colina mancando e engatinhando, e foram se abrigar atrás de um grande rochedo coberto pelo musgo que parecia um bordado vermelho que ele tinha visto a caminho da fogueira na primeira noite.

Max desabou ao lado da pedra. Sua perna estava ficando dormente. A barriga doía e latejava. Ele queria vingança, e logo. Agora o plano parecia inevitável, e precisava ser posto em prática sem demora. Em termos pessoais, era preciso alguma forma de revide e, em termos mais práticos, seu time precisava aniquilar suficientemente o inimigo para ter tempo de salvar Douglas da planta que estava comendo sua perna no fundo do buraco.

— Precisamos mesmo pegar esses caras — disse Max. — Quer dizer, matar mesmo. Destruir.

Os três passaram alguns minutos debatendo formas de fazer isso, de matar e destruir o inimigo, até Max perceber que, no alto da colina, seu time não tinha nenhum tipo de munição.

— Tudo que temos são esses rochedos gigantes cobertos de musgo — observou Carol, desanimado.

— É, e o rio de lava que corre logo abaixo da superfície — lamentou Katherine.

Sem muito esforço, Max conseguiu bolar uma estratégia: seu time iria erguer os rochedos, mergulhá-los na lava e depois fazê-los rolar colina abaixo para esmagar o inimigo. Propôs isso a seus soldados.

— Nossa, isso iria mesmo matar o inimigo — comentou Carol.

— E também destruir o inimigo — acrescentou Katherine.

Então puseram mãos à obra.

Katherine arrancou um pedaço de terra e expôs um vagaroso rio de lava. Max não acreditou naquilo: havia lava a menos de dez centímetros abaixo da superfície. Ele queria saber tudo sobre como e por que aquilo acontecia, mas não havia tempo.

Carol ergueu um rochedo e mergulhou-o no rio de lava. Girando-o, conseguiu cobrir o rochedo de lava, o que fez o musgo pegar fogo.

— E agora, Rei? — perguntou ele, parecendo meio pouco à vontade ali, segurando o rochedo em chamas.

— Jogue em cima deles — disse Max.

Carol então levou a pedra coberta de lava até a beira da colina e a arremessou na direção dos Bandidos. A pedra rolou declive abaixo, ganhando velocidade à medida que descia, derrubando árvores, incendiando a grama e os arbustos e soltando inúmeras outras pedras e cascalhos. Quando a pedra se aproximou do sopé da colina, metade da encosta já estava em chamas, e Judith, Ira e Alexander gritavam, porque o rochedo flamejante, junto com mais ou menos mil outros rochedos menores e pedras que havia arrastado consigo, estava vindo bem para cima deles.

Nessa hora, Max viveu um dilema, porque, por um lado, aquilo era uma visão realmente incrível. Ver aquele tipo de destruição em andamento, ver um plano daqueles posto em ação, e vê-lo funcionar tão bem: nada no mundo se comparava a isso. Por outro lado, parecia mesmo que os Bandidos iriam ser aniquilados, e talvez até mortos por aquela avalanche. Max de repente sentiu muito medo.

— Ei — disse a seu time —, vocês acham que eles realmente vão ser mortos por esse negócio?

— Ah, com certeza — respondeu Katherine.

— Espero que sim! — disse Carol.

— O quê? — Max estava chocado.

— Achei que fosse essa a ideia — disse Carol, agora genuinamente confuso.

O mais depressa possível, Max explicou que não queria que eles morressem de verdade.

Carol observava a avalanche, sorrindo e meneando a cabeça, mas ainda parecia perplexo.

— Então, quando você disse "Vamos matar o inimigo!", na verdade queria dizer: "Vamos derrotar o inimigo nesta brincadeira jogando terra em cima dele?".

Max aquiesceu.

— Então agora deveríamos impedir que eles morram?

Max aquiesceu.

— Tá bom — disse Carol. Então ele ficou imóvel por vários instantes. — Mas como?

O rochedo continuava a descer a colina, ganhando velocidade.

— Eu disse a você para não fazer isso — falou Katherine.

— O quê? — exclamou Carol. — Você nunca disse nada desse tipo! Você é a maior mentirosa do mundo, Katherine.

— Mas quem é violento é você — disse ela. — Uma pena.

Nessa hora, o rochedo de lava flamejante e os milhares de pedras e arbustos em chamas que o acompanhavam — e até mesmo dois búfalos, que haviam sido atirados colina acima como munição e agora desciam correndo, fugindo da catástrofe — atingiram o alvo e esmagaram os Bandidos. Não parecia haver nenhuma possibilidade de que eles tivessem sobrevivido.

34.

— Não estou sentindo minha perna direito — disse Douglas, segurando a perna semidevorada que, depois de ser mastigada por alguma espécie de trepadeira carnívora subterrânea, estava muito parecida com um pedaço preto de bala de alcaçuz.
— Mas não estou reclamando.

Já era tarde, tinha escurecido e eles estavam reunidos ao redor de uma pequena fogueira. Todos os monstros tentavam se recuperar o melhor possível da guerra e esperavam, emburrados, para comer alguma coisa que Douglas havia preparado — o jantar da vitória, segundo ele. Embora sua perna tivesse sido parcialmente devorada, ele estava animado, encantado com os elogios que Max, o rei, havia feito a seu braço, no qual até então ninguém havia reparado.

Alexander encarou Max.

— Que ideia mais idiota.

— Ainda estou meio oco — gemeu Ira. — As órbitas dos meus olhos saíram do lugar...

— Quieto, Ira — disparou Judith. — As órbitas de todo

mundo saíram do lugar. Eu mal consigo sentir meu cérebro. Alguém está conseguindo sentir o próprio cérebro?

Ninguém respondeu. Ninguém estava conseguindo sentir o próprio cérebro.

Sem dizer uma palavra, o Touro se aproximou de Max, tirou a coroa de sua cabeça e depositou-a no centro da fogueira. Como antes, Max não quis questionar a tradição, embora na verdade não gostasse de ver sua coroa ali, debaixo do fogo.

Max estava muito confuso. Talvez não houvesse pensado o suficiente sobre a guerra. Quando a havia imaginado pela primeira vez, ela lhe parecera simplesmente divertida, com um início glorioso, um meio difícil mas cheio de coragem e um final vitorioso. Não havia levado em conta o fato de que talvez a batalha terminasse sem nenhum resultado definido, nem havia imaginado qual seria a sensação quando a guerra simplesmente acabasse, sem ninguém reconhecer a derrota nem parabenizá-lo por sua bravura. Em vez disso, Judith e Ira tinham sido empurrados colina abaixo, e Katherine e Carol tinham se zangado mais ainda um com o outro, e Alexander não estava mais falando com Ira porque de alguma forma, para ele, Ira era o culpado por Alexander ter sido atingido tantas vezes com pedras. Enquanto isso, o Touro estava agora sentado um pouco afastado da fogueira, com o corpo inteirinho coberto de terra. Ele havia passado o dia percorrendo o campo de batalha, absorvendo centenas de golpes, sem se encolher ou sair correndo uma vez sequer. No entanto, tirando os arranhões e a terra, sua aparência não havia mudado tanto assim. Pelo contrário: ele parecia ainda mais vivo, mais propenso a falar.

— Então, Max — disse Judith. — Era isso que você tinha em mente, ou será que eu entendi mal alguma coisa? Você chega na ilha, se declara rei, depois tenta nos matar de meia dúzia de jeitos diferentes? Era essa a ideia?

— Judith, pare com isso — disse Carol com firmeza. — Todo mundo estava tentando matar todo mundo. Não tente se destacar. Além disso, estou certo de que Max já tinha pensado nisso.

Carol olhou para Max e lançou-lhe um sorriso caloroso. Max tentou retribuir o sorriso, mas ainda estava achando difícil conciliar o Carol gentil que conhecia e admirava com o Carol que não havia demonstrado a menor hesitação ao ver os amigos esmagados por rochedos flamejantes. Max se sentia dilacerado por dentro. Nunca, em toda sua vida, uma tragédia havia sido tão incontestavelmente culpa sua. Ele havia provocado a guerra, e metade dos participantes quase morrera. Para Max, parecia que tudo que ele fazia, fosse em casa ou ali naquela ilha, causava danos permanentes. E ele não conseguia encontrar Katherine, a única que parecia capaz de realmente escutá-lo.

— A comida está quase pronta — disse Douglas, pavoneando-se para lá e para cá com o braço direito semiflexionado, como à espera de mais um elogio àquele seu membro extraordinário.

— Feche os olhos, Max — pediu ele.

Max fechou os olhos.

— Eu preparei uma surpresa para você. A sua primeira refeição de rei.

Max sentiu o cheiro de alguma coisa sendo posta sob seu nariz. Seu corpo teve um calafrio involuntário. Aquele era o cheiro mais potente e mais horrível que ele já havia sentido. Parecia o cheiro de mil peixes mortos há muito tempo embebidos em gasolina e ovos.

— Tá, agora pode olhar — disse Douglas.

Max abriu os olhos.

Quase deu um pulo. Era uma cobra gigantesca. Ou melhor, um verme. Tinha quase trinta centímetros de diâmetro. Era úmido, marrom e roxo, com uns três metros de comprimento. Douglas o havia posto no colo de Max.

— Não se preocupe. Nós já matamos — disse Douglas. Ele riu. — Você achou que ainda estivesse vivo! Que engraçado.

Max se levantou, deixando o verme rolar de seu colo. Seu pelo branco ficou coberto por uma espessa gosma marrom e verde.

— Algum problema, Rei? — quis saber Douglas.

Max tentou esconder a repulsa.

— Não, não! — disse, e então encontrou a resposta adequada. — Eu só queria olhar melhor para ele.

Douglas sorriu.

— É, eu tirei da lagoa. Ele estava meio que se enroscando em volta de Judith, então eu dei um mergulho e o agarrei. Provavelmente fazia um século que ele morava lá! E agora você vai poder comer!

Douglas encarava Max em busca de sinais de aprovação. Max tentou sorrir.

— Pode comer a boca, se quiser — disse Douglas. — É o pedaço que tem mais textura.

O estômago de Max estava se desmilinguindo. Ele precisava inventar um motivo para não comer o verme.

Olhou em volta, sem encontrar nenhuma resposta nem na terra nem nas árvores, mas, ao erguer os olhos para o céu, achou a solução.

— Infelizmente não vou poder jantar hoje. Muito obrigado, mas os reis lá de onde eu venho não comem nas noites sem estrelas.

Os monstros aceitaram isso — "Ah", "Que pena para você", "Os reis têm mesmo uma vida dura", disseram, e começaram a comer. Foram arrancando a carne úmida do verme gigante com as garras, fazendo o sumo sanguinolento escorrer por seus queixos e por entre os dedos. Max não conseguiu olhar para aquilo. Ficou encarando a fogueira.

E Max logo percebeu que, à medida que os monstros comiam, o verme provocava reações diferentes em cada um. Ira tornou-se silencioso e melancólico, e seus olhos ficaram marejados de lágrimas ao reviver alguma lembrança antiga e boa. Douglas tentou lutar contra os efeitos, e seus olhos chispavam de um lado para o outro enquanto sua boca ficava flácida e sua fala começava a se arrastar. Judith, por sua vez, começou a se insinuar, tocando os outros no braço, nos ombros, dando risadinhas e arrumando meia dúzia de motivos para se levantar e ir até Douglas para poder tocar sua nuca. No entanto, quando ele afastou a pata dela pela última vez com um tapa, os aspectos mais incisivos de seu temperamento tornaram a aflorar e ela estreitou os olhos para Max.

— Não acredito que ainda não estamos falando sobre o que está todo mundo pensando — disse Judith. — Esse rei aqui está tentando matar alguns de nós. Alguém aqui se preocupa com isso?

Ninguém respondeu, mas ficou evidente que pelo menos metade dos monstros estava pensando nisso.

— Então Max passou mais de um ano velejando! — arriscou Carol, tentando mudar de assunto.

— É mesmo um tempão — comentou Douglas, alegre.

— Um ano inteiro sozinho — disse Ira, erguendo os olhos para a escuridão. — Que tristeza.

— Por que demorou tanto, Rei? O barco era lento? — perguntou Judith com uma expressão ameaçadora nos olhos.

— Não, era um barco bom — respondeu Max.

— Então você simplesmente não é um bom marinheiro? — provocou ela.

— Não, eu sou muito bom marinheiro. Quer dizer, o barco não tinha motor. Eu estava velejando na maior velocidade que aquele barco...

— Ah, eu estou só provocando você — disse Judith, dando uma risadinha sem alegria nenhuma. — Não seja tão suscetível! Mas, sério, nós já vimos toda a série de planos que você tem para consertar tudo aqui na ilha? Um desfile, uma guerra e depois todos nós morrendo cobertos de lava?

Com um olhar firme, Carol fez Judith se calar. Por fim, ela olhou para o outro lado e continuou comendo.

— Estou sentindo o vazio de novo — observou Ira.

— Não se preocupe, Ira — disse Douglas. — Max vai dar um jeito nisso. Ele sempre diz as coisas certas. É só esperar. Não é, Max? Vamos lá.

Todos encararam Max, e Max ficou surpreso ao constatar que suas expressões exibiam esperança e expectativa genuínas. Eles esperavam mesmo que Max, seu rei, tivesse alguma ideia.

— Bem, eu pensei... — balbuciou Max. Na verdade, ele não tinha nenhum plano. O silêncio se prolongou de forma constrangedora. Por fim, uma ideia lhe ocorreu, embora de qualidade duvidosa. — Eu pensei... pensei que poderia dar títulos de realeza a vocês.

Ira fez cara de quem não estava entendendo.

Judith pigarreou.

Alexander deu um risinho sarcástico.

Ninguém ficou impressionado, nem mesmo Carol. A expressão em seu rosto estava mais parecida com choque. Ele não podia acreditar que aquilo era o melhor que Max era capaz de fazer. Max tentou aprimorar o plano:

— ... e eu poderia atribuir tarefas especiais a vocês, e também distribuir aquelas coisas que ficam cruzadas na frente do peito — disse, gesticulando na diagonal em frente ao próprio tórax, tentando se lembrar da palavra *faixa*.

— Cobras? — tentou adivinhar Judith.

— Não... — respondeu Max.

— Cobras nós já temos — disse Judith.
— Não, não... — insistiu Max.
— Eu não gosto de usar cobras aqui — disse Ira.
— Não é uma cobra! — disse Max, ríspido. — É mais nobre do que isso. É...
— Um pedaço de pau? — sugeriu Douglas, tentando ajudar.
— Não! — gemeu Max.
— Está me parecendo uma cobra — disse Judith. — E ninguém gosta de usar cobras nesse...
— Deixem eu terminar! — bradou Max.

E começou a tentar se lembrar da palavra.

— É... — hesitou, tornando a fazer o gesto em frente ao peito. — É...

Por fim, desistiu, derrotado.

— Vocês vão ganhar títulos de realeza — balbuciou.

Fez-se um silêncio profundo. Os súditos de Max estavam tão pouco impressionados que nem sequer precisavam dizer nada. Max tinha que dar um jeito logo naquilo, então se levantou, achando que já sabia o que fazer. Aquilo já havia alegrado sua mãe e feito sua irmã e os amigos dela rirem histericamente — iria funcionar ali também. Ele retesou os braços e as pernas e deu início à sua incrível dança de robô.

Quando, porém, começou a dançar — e ele dançou muito bem, melhor do que nunca —, os monstros, em vez de ficarem impressionados, ficaram alarmados.

— O que ele está fazendo? — perguntou Judith. — O que é isso?
— Xi, alguém quebrou o rei — concluiu Ira.
— Ele está passando mal? — perguntou-se Judith em voz alta.
— Não sei, mas isso está *me* fazendo passar mal — grunhiu Alexander. — Que tipo de rei iria fazer uma coisa dessas?

Max desistiu. Parou de dançar. Os monstros pareceram muito aliviados ao vê-lo tornar a se sentar.

— Acho que ele já terminou — observou Ira.

— Espero que sim — disse Alexander.

— O que foi isso que acabou de acontecer? — indagou Judith.

— Eu estava imitando um robô — explicou Max. — Era para vocês rirem.

Ninguém riu. E agora ninguém estava nem sorrindo.

— O que é um robô? — quis saber Ira. Sua voz soava assustada.

— Um robô? — repetiu Max. — Um robô?

Ninguém sabia o que era um robô.

— Ora, pelo amor de Deus, um *robô* — disse Max. — Robôs são a melhor coisa do mundo.

— Como assim? — indagou Carol, ríspido.

— Robôs são a melhor coisa do mundo — repetiu Max, com menos certeza.

Carol pareceu genuinamente surpreso.

— Foi por uma coisa dessas que ficamos esperando? — perguntou Alexander. — Lamentável.

— Esse tipo de coisa funcionava no último lugar em que você foi rei? — quis saber Judith.

Douglas franziu o cenho. O olhar do Touro era opressivo. Até Carol parecia decepcionado com Max, profundamente decepcionado.

— Estou ficando com fome — disse Alexander, encarando Max com um olhar intenso.

Carol viu que direção aquilo estava tomando.

— Você acabou de comer — rosnou Carol. — Ninguém aqui está com fome.

Judith lançou um olhar irado para Max e lambeu os beiços.

— Todo mundo está com fome, e você sabe disso.

Carol continuou parado, impondo sua estatura ao resto do grupo.

— Não. Ninguém aqui está com fome. Agora levantem-se. Vamos — disse. Os monstros ficaram olhando para ele, como se o estivessem avaliando sob uma nova luz — será que ele havia perdido alguma força? Estaria vulnerável de alguma forma diferente? Após alguns instantes, pareceu-lhes que não, ninguém ainda podia desafiar a primazia de Carol. Todos começaram a se levantar e a se preparar para ir embora.

Nesse momento, um floco de neve surgiu. Depois outro — a neve começou a cair em espirais irregulares. A admiração de Douglas por Max havia sumido, e agora ele olhava para Max de um jeito desagradável.

— Que bom que você destruiu nossas casas, Rei.

Alexander contribuiu de bom grado com aquele deboche.

— Obrigado, Sua Detestade. Quer dizer, Sua Majestade.

Judith, Alexander e Ira se afastaram. Douglas logo foi atrás, sacudindo a cabeça. Quando ia deixando o campo de batalha, parou um instante, pensando em dizer alguma coisa para Max, mas sem saber ao certo o quê.

Carol esperou todos irem embora. Ele estava do outro lado da fogueira, olhando para as próprias mãos.

— Os robôs são a melhor coisa do mundo, é? Pensei que eu...

— Não foi isso que eu quis dizer — falou Max. — Eu não quis dizer que eram melhores do que *você*.

— Mas você disse que eles eram *a melhor coisa do mundo*. Quem são eles, afinal? São maiores do que eu? Mais fortes? Não sei como isso seria possível.

— Não são, não — disse Max. — Você é o maior. Disparado.

— Então por que é que você diz que eles são a melhor coisa do mundo? Isso significa que você acha que eles são melhores. Quer dizer, deixe para lá. Não há motivo para falar sobre isso. O que está dito, dito está.

Max sentiu-se perdido. Estava tão cansado e confuso que não soube o que dizer. Passou alguns instantes olhando para o chão e, quando voltou a olhar para cima, Carol estava agachado com a orelha colada ao chão.

— Não estou gostando nada desse barulho — disse. — Está alto, dissonante e muito zangado.

Carol se virou para deixar o campo de batalha.

— Boa noite, Max. Imagino que você tenha muito em que pensar hoje à noite. Boa sorte. — Após dizer isso, sumiu no meio da mata.

Max ouviu o estalo de gravetos se partindo. Virou-se e viu o Touro em pé atrás dele, gigantesco e ameaçador. Os dois se encararam. Nenhum dos dois piscou. Então, sem fazer nenhum barulho, o Touro deu meia-volta e se afastou para dentro da noite.

Max ficou sozinho. A fogueira estava morrendo, caía uma neve fina, ele estava em uma ilha no meio do mar, e estava sozinho.

35.

Max passou a noite inteira olhando para a fogueira, abalado e com frio, enquanto a neve continuava caindo. Encontrou toras de madeira e as foi colocando na fogueira, chegando mais perto das chamas para tentar se aquecer.

Precisava organizar os pensamentos, precisava pôr suas codornas em fila. Começou com o conhecimento que tinha, catalogando tudo que havia aprendido até ali. Sabia que Douglas gostava que elogiassem seu braço como o melhor, mas sabia que Carol não gostava de ouvir esse tipo de elogio feito a alguém que não fosse ele próprio, e com certeza não gostava de ouvir que robôs eram a melhor coisa do mundo, porque provavelmente se considerava a melhor coisa do mundo. Sabia que Katherine preferia ficar sozinha com Max. Sabia que Judith, Alexander e Ira não gostavam de ser atropelados por rochedos cobertos de lava, e que a possibilidade de ferimentos graves provavelmente fazia Ira pensar no vazio, cuja simples ideia precisava ser evitada a qualquer custo.

Sabia que queria comida. Estava quase delirando de fome. Estava meio tonto, e sentia pontadas na barriga. E o que queria, mais do que qualquer outra comida, era sopa. Uma sopa iria cair muito bem, aquecer e amaciar tudo dentro dele. Qualquer tipo de sopa estaria bom, mas o creme de cogumelos que sua mãe fazia quando ele estava se sentindo mal seria o melhor.

Quem sabe ele devesse ir para casa, pensou. Não tinha certeza sequer de que era possível velejar de volta para casa, porque o continente de onde tinha vindo parecia ter desaparecido por completo algumas horas depois de ele se afastar da margem, mas com certeza poderia tentar. E, caso não conseguisse chegar, certamente devia haver outras ilhas, com outros bichos ou pessoas em quem ele pudesse mandar.

Porém, mesmo que conseguisse voltar para casa, tinha certeza de que sua família já o teria esquecido. Fazia muitos dias que ele partira, e a esta altura eles deviam estar pensando que ele tinha morrido e desaparecido, e provavelmente estavam felizes com isso. Talvez a casa tivesse desmoronado por causa de todo o estrago que ele tinha causado. Talvez sua mãe e sua irmã tivessem sido esmagadas pelas vigas que ele havia fragilizado com toda aquela água. Não, não, convenceu-se. Elas estavam vivas, mas felizes por terem se livrado de um animal como ele.

Pensou novamente em ir para onde pretendia no começo: para o apartamento do pai na cidade. Ainda poderia fazer isso. Se navegasse rumo ao sul-sudoeste, com certeza chegaria lá em algum momento. E, depois de chegar, poderia ficar morando lá, e sabia como o pai ficaria feliz em tê-lo consigo.

O primeiro problema seria a cama. Seu pai só tinha uma cama, e não era muito grande, então Max em geral dormia no sofá-cama do quartinho, e o colchão era fino e as dobradiças do sofá-cama rangiam. O quarto era frio, e os barulhos da rua eram altos e imprevisíveis. Toda noite havia barulhos repentinos da cidade que nunca dormia: sirenes, discussões, gargalhadas, garrafas se estilhaçando em lixeiras, o silvo dos caminhões. E, quando seu pai tinha companhia, havia outros barulhos também.

O nome dela era Pamela.

Ela era bonita de um jeito chamativo, com grandes olhos verdes e uma boca larga e lustrosa. Trabalhava em um restaurante, ou era dona de um restaurante, ou algo assim, e os três tinham ido comer lá, e tinha sido a primeira vez que Max se sentara à mesa em um lugar como aquele, com uma vela no meio e tudo cor de âmbar e à meia-luz. Foi tão chato que ele quis gritar.

Pamela tinha pedido comida para todos, uma sucessão de pratinhos gordurosos de cor lamacenta, e Max acabou comendo praticamente só pão. O pai de Max ficou lançando olhares suplicantes para o filho, mas Max sabia que não iria gritar com ele por não comer, não na frente de Pamela.

Depois de comerem, Pamela os levou até um subsolo cheio de garrafas, e finalmente Max ficou interessado. Queria ser o dono daquele lugar. Não por causa das garrafas, mas por causa de todas aquelas prateleiras de madeira, dos nichos, das portas em arco e dos recantos. Aquilo parecia um castelo, uma catacumba, um labirinto sob um reino ancestral. Para Pamela, no entanto, era apenas um lugar onde se guardava vinho. Ela retirou duas garrafas escuras da parede, e os três tornaram a subir a escada.

Depois do jantar, pegaram um táxi e voltaram para o apartamento do pai. Na porta da frente, ela se despediu de Max e do pai de Max, mas depois houve alguns sussurros, uma risadinha rápida, e ela foi embora virando a esquina com uma garrafa em cada mão.

Max foi posto na cama, mas não conseguiu dormir. Ficou acordado, pensando no labirinto debaixo do restaurante, em como havia se sentido seguro entre suas paredes de pedra, com sua solidez fresca e escura, até ouvir a porta se abrir com um rangido e dois sapatos serem jogados no chão. Ouviu o barulho de garrafas batendo uma na outra, seguido por uma série de "shhh". Depois passos que desapareceram pelo corredor, e a porta do quarto do pai se fechando.

Max não podia ir para o apartamento do pai. Não podia velejar até lá, não podia velejar até sua casa, e a probabilidade de encontrar e se tornar rei de outra ilha parecia remota. Precisava tentar fazer aquela ali funcionar. Seria tão difícil assim domar aquele lugar e agradar todo mundo o tempo inteiro?

Max acordou no meio da noite com os ombros tremendo. Tinha adormecido antes de alimentar a fogueira como deveria, e agora ela havia se apagado. A neve tinha parado de cair e a noite estava negra. Ele não conseguia ver nada em nenhuma direção, apenas vagas manchas cinzentas onde a neve se acumulara. Levou um punhado à boca para aliviar a sede, mas sabia que estava encrencado. Com a temperatura caindo e sem a possibilidade de acender ou encontrar uma fogueira, ele poderia facilmente congelar durante a noite. Se caminhasse em qualquer direção, seria devorado ou picado, ou cairia dentro de algum buraco sem fim. Não podia ir a lugar nenhum.

Então, finalmente, ele chorou. Quando as lágrimas vieram, a sensação foi muito boa. Seu peito se sacudiu, e as lágrimas mornas aqueceram seu rosto, e ele riu de como aquela sensação toda era boa. As lágrimas continuaram a vir, muitas lágrimas, uma para cada frustração e medo que sentira desde que saíra de casa. Ai, cara, pensou ele, como isso é bom. Estava adorando aquelas lágrimas quentes, o alívio que provocavam. Estava adorando poder chorar ali, sozinho, no escuro, sem ninguém ver. Podia chorar o quanto quisesse que ninguém jamais saberia.

Passou o que pareceram horas chorando, mas as lágrimas, os tremores e o fato de engolir grandes quantidades de muco de alguma forma serviram para mantê-lo aquecido à medida que a madrugada ia ficando mais gelada, e as lágrimas, o frio e tudo em que ele estivera pensando se combinaram para formar em sua mente algo parecido com uma ideia. E a ideia lhe disse para arrumar um graveto, e sua mão começou a movimentar o graveto por cima da terra e das cinzas, e em pouco tempo ele havia traçado um plano que tinha uma chance de fazer, por ele e por todos os monstros da ilha, tudo aquilo que precisava ser feito: o plano iria preencher o vazio, eliminar o ruído, conectar tudo e todos que estavam desconectados e, o melhor de tudo, garantir que ele nunca mais precisaria dormir na neve, sem fogueira, sozinho em uma ilha no meio do mar.

36.

Muito da neve que caíra durante a noite anterior já havia derretido. A visão de Max estava embaçada quando ele acordou em meio à luz que antecedia a aurora. Sua fantasia de lobo estava imunda. Mas ele sentia-se tão animado que passou a maior parte da noite acordado, à espera da primeira luz azulada, para poder encontrar Carol e anunciar a ele e aos outros monstros que sabia como mudar tudo de uma vez por todas.

Quando ficou claro o suficiente para Max poder chegar até o lugar onde Carol estava encarapitado em cima das dunas, ele pegou sua coroa das cinzas da fogueira e a pôs na cabeça. O metal ainda estava quente e ele se retraiu com o calor, mas aguentou firme e seguiu em direção ao mar.

Quando a floresta deu lugar à praia, Max viu que todos os monstros estavam lá, na areia coalhada de neve, e que era ali que haviam dormido. Aquele provavelmente era o lugar mais frio da ilha que alguém poderia ter escolhido para passar a noite.

Max encontrou Carol sentado sozinho, no alto de sua duna, de frente para o horizonte. Correu em sua direção.

— Carol!

O grito despertou Judith e Ira, ambos cobertos por uma fina camada de neve. Eles ficaram olhando Max passar.

— Carol! — berrou Max.

Carol continuava virado para o outro lado, olhando fixamente para o mar. E, como na manhã anterior, assim que o sol úmido e cor de laranja se ergueu do horizonte, ele deu um fundo suspiro de alívio e se virou.

— Ah, oi. Oi, Max — disse.

— Carol, eu tive uma ideia. Já sei o que vamos fazer.

— Que bom, Max, que bom. Qual é o plano?

37.

    Carol reuniu todo mundo e, juntos, encontraram um bom lugar plano na areia para Max desenhar seus projetos. Usando um graveto, ele refez o esboço no qual havia passado a noite inteira trabalhando. Quando pronto, o desenho ficou igualzinho ao que ele havia imaginado e, embora um pouco grosseiro, era suficientemente grandioso para convencer qualquer um, pensou.

    — O que é isso? — perguntou Judith. Ira estava deitado a seus pés, mastigando sua batata da perna e babando muito.

    — Um forte — respondeu Max.

    — O que é um forte? — indagou ela. — E por que um forte é melhor do que, digamos, eu comer a sua cabeça?

    — É muito melhor do que isso — disse Max. — Vai ser o melhor forte de todos os tempos. Vai ser metade castelo, metade montanha e metade navio... — Ele olhou para Carol e se corrigiu. — Só que não vai navegar, porque é fixo. Com certeza é fixo.

    — É — continuou Max — o forte vai ser tão alto quanto doze de vocês e seis de mim. Vai ser grande o suficiente para todos caberem lá dentro. Vamos poder dormir todos empilhados como na primeira noite.

Carol e Douglas menearam a cabeça cheios de respeito.

Ira agora estava com toda a parte inferior da perna de Judith dentro da boca, mas retirou-a a tempo suficiente de dizer:

— Humm.

— E ele vai fazer com que a gente se sinta bem — acrescentou Max, dirigindo-se a Judith. — O tempo todo.

— Ele quem? — perguntou Judith.

— O forte — respondeu Max.

— Não vai, não — disse ela. — Por que é que um forte feito para *você* iria nos deixar felizes? E comer? Isso, sim, me deixa feliz.

— Judith. Shh. Escute — disse Douglas.

— O forte não é só *meu* — disse Max. — Nós vamos construir juntos. Vamos formar uma só equipe.

Judith parecia quase impressionada.

— Ah. *Esse* tipo de forte.

— É, e do lado de dentro vamos ter tudo que poderíamos querer. Vamos ter a nossa própria agência de detetive e o nosso próprio idioma. Alexander, quer se encarregar de inventar um novo idioma?

— Não — respondeu Alexander.

— Tá bom, eu mesmo cuido do idioma — disse Max, seguindo em frente. — E do lado de fora quero ter várias escadas. E vitrais. E do lado de fora também vai ter uma árvore de mentira, só que não é uma árvore, é um túnel, e ele vai conduzir até lá dentro através de um compartimento...

Max desenhou a árvore do lado de fora do forte, mas o dedo do pé do Touro estava no lugar da praia onde a árvore deveria ficar. Max desenhou metade da árvore e esbarrou no dedo do pé do Touro. Ergueu os olhos para ele, mas estava claro que o Touro não iria se mexer. Então Max desenhou em volta daquele imenso dedo do pé, de forma que a copa redonda da árvore virou uma meia-lua. A meia-lua fez Max pensar em outra coisa. O forte precisava de túneis. Muitos túneis.

— Ira, você se encarrega dos túneis? — perguntou Max. — Túneis são como buracos, e você sabe fazer buracos, não sabe?

— É, eu sei fazer buracos, sim — disse ele.

— Então tá, esses túneis precisam ser os túneis mais compridos que alguém já viu. E, enquanto você estiver lá embaixo cavando os túneis, também pode fazer um subsolo, o maior subsolo de todos os tempos, onde vamos ter um milhão de jogos para os dias de chuva.

Todos os monstros aquiesceram, escutando com atenção como se aquilo fosse uma série de instruções específicas e racionais. Douglas ia tomando notas no braço.

— Vamos ter uma imensa torre para as corujas — prosseguiu Max. — Precisamos de muitas corujas, porque elas têm bons olhos e nunca ficam com medo. E vamos treinar e guiar as corujas por controle remoto. Elas vão ficar de olho nos invasores.

— Eu conheço umas corujas — disse Katherine.

Todos olharam para o lado, e viram que Katherine já estava ali havia algum tempo.

— Ótimo, ótimo — disse Max.

— Essas corujas são boazinhas, ou vão ser corujas reservadas e sábias? — perguntou Carol, lançando um olhar enviesado para Katherine.

— Elas não são reservadas nem sábias — respondeu Katherine com a voz baixa, porém firme. — São corujas boas. Têm sentimentos. Só não sabem como expressar esses sentimentos.

Carol se abrandou.

— Tá bom. Vamos precisar de umas corujas boas.

Uma corrente elétrica pareceu percorrer o grupo à medida que todos, de Max a Judith, passando por Ira e Douglas, percebiam que haviam acabado de presenciar uma trégua silenciosa, não assinada, mas mesmo assim significativa, entre Carol e Katherine.

— Vamos ser nós contra todos os outros — continuou Max, agora com animação redobrada. — Só vai poder entrar no forte quem a gente quiser.

— E o forte vai manter o ruído longe, não vai, Max? — perguntou Carol de forma quase retórica.

— É claro que vai. Como é que o ruído iria conseguir entrar em um lugar assim? — disse Max, apontando para o tamanho e a solidez incríveis do forte desenhado na areia com seu graveto.

Judith deu a volta no desenho, ainda cética.

— Então, o que você acha? — perguntou-lhe Max.

— Na verdade eu não acredito que uma coisa assim funcione — disse ela. — Mas *se* funcionasse... — continuou, a voz adquirindo um tom semelhante à esperança. — Sei lá — disse, tornando a se sentar. — Eu não sei de nada. Mas do túnel de árvores eu *gosto*.

— E o melhor de tudo — disse Max, olhando para todos — é que todo mundo vai dormir junto em uma pilha de verdade. Como fizemos antes.

Houve um murmúrio generalizado de aprovação a esse aspecto específico da proposta.

Então Max se virou para Carol.

— Você se encarrega de construir o forte?

Carol foi pego de surpresa.

— Eu? Ah. Ãhn. Bom. Eu... eu só...

Douglas assumiu a palavra:

— Você com certeza deveria ficar encarregado da construção, Carol. Ninguém mais seria capaz de um feito desses.

— É, é, eu sei — disse Carol, deixando-se levar pelo orgulho de si mesmo. — Tem razão...

— Você não acha que Carol deveria construir o forte, Katherine? — perguntou Max.

— Acho — respondeu ela, surpreendendo a todos. — Ninguém mais é capaz de fazer isso.

— Tá bom — disse Carol por fim. — Então eu construo.

38.

A obra começou imediatamente, e avançou a uma velocidade impressionante. Carol mediu o perímetro do forte usando Ira como principal unidade de medida — ele e Douglas o carregaram feito uma régua gigante —, e logo toda a estrutura já havia sido construída com pedras e lama.

O Touro ia juntando rochedos e árvores, lançando-os centenas de metros até o local do forte, de onde quer que estivesse. O material de construção se acumulava.

Ao meio-dia, a primeira parede foi erguida, reta e alta, com dez metros de altura, fácil.

— Nossa, Rei, isso está quase divertido — disse Judith, e em seguida pareceu confusa com o próprio otimismo. Afastou-se resmungando e fazendo contas nos dedos.

Douglas passou andando todo empertigado, cheio de determinação.

— Nada mal, Rei — disse ele para Max. — Você e Carol juntos... sabem mesmo planejar um forte bacana.

Até Alexander parecia se divertir. Estava recolhendo e compactando a lama que mantinha as paredes em pé e demonstrava grande orgulho daquele trabalho sujo.

Max encontrou Ira lá embaixo.

— Boa escavação! — elogiou, genuinamente impressionado. Em poucas horas, Ira já havia cavado um subsolo maior do que o de Max em casa, e o início dos túneis secretos de saída.

— Obrigado, Rei. Eu nunca pensei muito nesse assunto, sabe, mas subsolos são bem parecidos com buracos, com a diferença de serem cobertos. Está gostando mesmo do que eu fiz até aqui?

— Estou, sim, está muito bom — disse Max.

— Não está muito esfarelado na lateral ou cheio de curvas, ãhn, no fundo?

— Não, não, está perfeito.

— Ah, que bom. Que bom. Fico satisfeito mesmo — disse Ira, recomeçando a cavar. — Fico satisfeito de estar cavando para você, Max.

A atividade prosseguiu durante a tarde inteira. Pedras foram empilhadas, trepadeiras trançadas, Douglas e Judith enfiaram postes na terra e pisaram em cima, dando pulos para afundá-los bem.

Conforme o sol foi baixando, a estrutura, embora ainda fosse um esqueleto, começou mesmo a se parecer com o desenho de Max, para o bem e para o mal. Estava um pouco torta aqui e ali — e Carol tinha sido estranhamente fiel à entrada em meia-lua que Max fizera ao desenhar em volta do pé do Touro —, mas, de modo geral, era uma visão impressionante.

Max escalou um ponto mais elevado ali perto para poder admirar melhor a construção. O forte já estava com cerca de vinte e cinco metros de altura, e ia subindo depressa.

— O que acha, Rei? — Era Carol, que tinha surgido atrás de Max. Ele também estava acompanhando o progresso de longe.

— Incrível — disse Max. — Não consigo acreditar em como é grande.

— Está grande demais? — perguntou Carol, subitamente preocupado.

— Não, não — respondeu Max —, está perfeito. Só fiquei surpreso agora que o forte virou realidade. Está exatamente como deve ser. Você está fazendo um ótimo trabalho. O melhor do mundo.

Carol ficou radiante.

Quando a noite chegou, os monstros estavam exaustos mas felizes. Reuniram-se no aposento principal do futuro forte para um banquete de comemoração. Mais uma vez decidiram comer algo incomível para Max — algo parecido com uma duvidosa carne de foca —, e mais uma vez ele ficou sentado vendo-os comer, com a própria barriga roncando de fome.

— Eu acho mesmo que estamos fazendo uma coisa importante aqui, sabem? — comentou Douglas, recostando-se depois de encher a pança. — Acho que agora talvez funcione mesmo.

Todos concordaram que Douglas tinha dito a verdade. E Max, mesmo faminto, ficou muito feliz. Seu plano havia funcionado: todos estavam contentes e sentados em uma roda de verdade, diante de uma fogueira quentinha, dentro do forte que ele próprio havia desenhado com um graveto na areia.

Enquanto ele rememorava os acontecimentos do dia, com seus muitos destaques, um barulho começou a permear o ar da noite. Parecia um instrumento de corda, talvez um violoncelo, melodioso, ressonante e potente. Max ergueu os olhos, mas ninguém pareceu surpreso nem curioso. Ninguém mais estava achando aquilo estranho.

Então ele viu Katherine, deitada com a cabeça na coxa de Judith e a boca aberta em direção ao céu. O som, que era algum tipo de canto, estava saindo dela. E logo os outros também puseram-se a cantar. Judith foi a primeira, e o som que ela emitiu foi mais incisivo, mais grosseiro, mas mesmo assim bonito — e pareceu rodear e se entrelaçar à voz de Katherine com perfeita harmonia. Um a um, os outros foram soltando a voz para se misturar ao resto, e cada som complementava e dava mais profundidade ao conjunto. Era a música mais bonita que Max já tinha ouvido, e o fato de aquela música existir, o fato de ser produzida por aqueles bichos pesadões, parecia tornar pequenos e insignificantes quaisquer problemas que um dia houvessem existido entre eles.

39.

— Max.

Um sussurro.

— Max!

Uma voz feminina.

Max estava dormindo, usando o braço de Carol como travesseiro, quando abriu os olhos e viu Katherine agachada a seu lado.

— Precisamos ir pegar as corujas — sussurrou ela.

— Agora? — perguntou Max.

— É, é a única hora possível — disse ela, relanceando os olhos para Carol para se certificar de que ele não havia acordado. — Agora!

Max sentiu que era obrigação sua ir buscar as corujas, fundamentais para a proteção do reino. Então se levantou, tomando cuidado para não acordar Carol nem ninguém, e deu uma corridinha atrás de Katherine, que já estava na porta do forte. O sol havia acabado de nascer, e, no mesmo instante em que Max se dava conta de que aquela era a primeira manhã em que Carol não sentira necessidade de ficar sentado esperando o sol sair, Katherine levantou Max e jogou-o em suas costas.

— Segure no meu cangote — disse ela.

Max obedeceu, e Katherine imediatamente saiu pulando da área do forte, indo aterrissar primeiro na campina multicolorida, depois no alto de uma de suas plataformas listradas na copa das árvores e em seguida em uma floresta de plantas cor-de-rosa translúcidas, sempre tocando o chão com a velocidade e a delicadeza de um beija-flor.

Eles viram partes da ilha que Max não sabia que existiam: uma área de grama alta e amarela povoada por cobras que andavam, cobras que ficavam em pé sobre algum tipo de pata traseira e que viviam em uma clareira onde uma dúzia de gêiseres cuspia vistosas nuvens alaranjadas de faíscas e bruma. Por fim, chegaram ao lado mais distante da ilha, em uma ampla praia branca com dunas altas e formações rochosas em forma de saca-rolhas, azul-celeste, despontando em toda a areia.

— Gostou? — quis saber Katherine.

Max assentiu. Ele tinha adorado.

— Eu venho aqui quando quero ficar sozinha — explicou Katherine. — Preciso vir aqui para me lembrar de quem eu sou e de quem não sou. Está vendo?

Katherine apontou para cima, e Max viu dois pássaros, dois pontinhos vermelhos no céu voando em elipse, depois formando oitos, cruzando-se em perfeita sincronia. Max ficou hipnotizado com a simetria de seu voo.

— São as corujas? — perguntou em voz baixa.

— "São as corujas?" — repetiu Katherine, imitando-o. — É claro que são as corujas. Não são focas. Todos comeram as últimas focas no jantar de ontem.

Antes de Max conseguir pensar em alguma resposta inteligente, e no mesmo instante em que a ideia de focas de verdade sendo comidas por seus amigos havia tomado forma em sua mente, ele viu uma das corujas despencar. Ela havia sido atingida por uma pedra lançada por Katherine, e então um borrão vermelho desabou do céu quase em linha reta. Max ficou olhando, horrorizado, sem querer ver o pássaro se espatifar no chão, mas incapaz de desviar os olhos.

No entanto, bem na hora em que a coruja estava se aproximando do chão, viu que Katherine estava lá, bem debaixo dela, esperando despreocupadamente sua chegada. Apanhou a coruja como um jogador de beisebol apanha um lançamento alto. Sem esperar nem um segundo, e enquanto embalava a primeira coruja nos braços, Katherine lançou outra pedra no ar. Ela atingiu outra coruja, e a segunda coruja seguiu a mesma trajetória da primeira — caiu em grande velocidade. Katherine monitorou a trajetória de sua queda e a recolheu com muito cuidado.

Com uma coruja debaixo de cada braço, ela correu até onde Max estava em pé, paralisado, esperando.

— Aqui estão elas! — disse. — Não são ótimas?

Max não soube o que responder. Eram pássaros magníficos, com uma plumagem cor de carmim e grandes asas ruivas, mas pareciam desorientadas e machucadas depois de terem sido derrubadas do céu pelas pedras de Katherine. Suas pupilas giravam como pequenos carrosséis. Como se estivesse lendo os pensamentos de Max, ela o tranquilizou.

— Elas não sentem nada. Seus ossos, suas asas e todo o resto foram construídos para, ãhn, você sabe, fazer com que não sintam nada ao serem atingidas pelas pedras que eu atiro — disse ela. Então segurou cada coruja pela pata e as sacudiu de cabeça para baixo. — Está vendo? Nenhum estrago. Na verdade, elas adoram isso.

Max não entendeu muito bem como isso podia ser demonstrado pendurando as corujas de cabeça para baixo, mas estava confuso demais para discutir e, além do mais, o que é que ele sabia sobre a saúde e o bem-estar de corujas do mar?

— Vamos sentar e descansar um pouco — propôs Katherine, deixando-se cair sobre uma duna alta.

Max queria voltar ao forte, para ajudar na construção e supervisionar as coisas, mas Katherine não estava com pressa.

— Ei, Max, você gosta de ser carregado?

Max não fazia a menor ideia do que isso significava, mas, pensando bem, ser carregado parecia divertido. Fora divertido quando ele havia andado nas costas de todo mundo durante o desfile.

— Gosto — respondeu.

— É, eu também! Nós somos tão parecidos! — disse Katherine, animada, ajeitando o cabelo atrás das orelhas. — Mas uma vez eu arrumei um macaco de carregar — disse ela, fazendo o gesto de quem carrega um bebê. — Arrumei esse macaco para Carol, para ele não precisar andar o caminho todo até seu ateliê. O ateliê fica muito longe, e eu não queria que ele ficasse cansado antes mesmo de chegar lá. E todo mundo gosta de ser carregado, não é?

— É — concordou Max.

— Então — continuou Katherine —, aí eu arrumei um macaco de carregar, e quando ele carregou Carol, eu comecei a rir e disse que estava surpresa ao ver que o macaco era forte o suficiente. Mas aí Carol se ofendeu porque achou que eu estivesse dizendo que ele era *gordo* ou alguma coisa assim. Mas eu estava *brincando*! Então ele disse: "Bom, se eu sou tão gordo assim, então acho melhor comer este macaco". E sabe o que ele fez? *Comeu* o macaco! Dá para acreditar?

Max não conseguia acreditar.

— Sei lá — disse ela, sacudindo a cabeça. — Ele me deixa com a sensação de que eu não faço nada direito.

Ficaram sentados por alguns instantes, enquanto Max tentava entender o que havia acabado de escutar.

— Desculpe sobrecarregar você com os meus problemas — disse ela, e em seguida sua expressão suavizou-se. — Ei, vamos fazer um pedido.

Com um gesto ágil da garra, removeu uma camada de duna. Max se ajoelhou a seu lado e ficou observando. Poucos centímetros abaixo da superfície, ela expôs um rio de lava igual ao que havia no alto da colina, uma lava vermelha incandescente que escorria declive abaixo, subterrânea, bem devagar. Algumas labaredas saltaram lá de dentro e caíram na areia. Max recuou. Katherine riu.

Ela pegou uma pedra azul-celeste e entregou outra para Max.

— Pense em alguma coisa que você quer.

Max fechou os olhos com força e em seguida aquiesceu.

— Tá, agora jogue a pedra lá dentro — disse ela.

Max jogou sua pedra lá dentro e ficou olhando ela ser rapidamente sugada com uma pequena faísca.

Katherine fechou os olhos e fez um pedido antes de também jogar a sua pedra. Tornou a tapar o buraco que havia aberto, recolocando a areia no lugar e pisando em cima.

— Sabe qual foi o meu pedido? — perguntou ela. — Eu pedi que você seja rei para sempre. Foi isso que você pediu também?

Max balançou a cabeça dizendo que sim, mas havia alguma coisa em sua mente que ele não conseguia expulsar.

— Espere um pouco — disse. — Ele comeu o macaco?

— Ah, foi — concordou Katherine, meneando a cabeça vigorosamente. — Ele comeu quase todos os presentes que eu dei para ele.

— De que tamanho era o macaco?

— Você sabe, um macaco normal — disse ela, erguendo o braço até a altura exata de Max. — E foi muito de repente.

Ao ver a expressão chocada de Max, Katherine se mostrou mais alegre.

— Nossa, mas que conversa mais triste, não é? Não se preocupe. Não era isso que eu queria que acontecesse *de jeito nenhum*. Vamos voltar.

40.

Nessa noite, com o forte já quase pronto, os monstros comeram juntos de novo, dessa vez banqueteando-se com os enormes pés chatos de algum animal que Max nem sequer tinha visto inteiro e de cujo consumo não queria participar. Depois de comer, todos desabaram exaustos e empanturrados, largados em uma corrente entrecruzada de membros e troncos que rodeava a fogueira cada vez mais fraca.

Todos adormeceram depressa, porém Max continuou acordado, pensando em macacos sendo devorados com uma bocada rápida. Desde aquela manhã com Katherine, ele não havia pensando em praticamente mais nada. Embora a tarde tivesse sido repleta de vitórias — as paredes foram todas montadas, as escadarias construídas, o subsolo concluído e coberto, os túneis cavados em todas as direções para proporcionar uma rota de fuga diante de qualquer calamidade —, Max estava apavorado com a ideia de poder ser comido com a mesma facilidade de um macaco, e a qualquer momento.

Será que Carol faria uma coisa dessas? Ele já o vira ter

rompantes de fúria e se surpreendera ao vê-lo disposto a de fato matar os inimigos no campo da batalha simulada. Uma coisa era temer ser devorado pelos outros monstros, porque Max sempre tinha Carol para protegê-lo. Mas, se o próprio Carol decidisse comê-lo, comer sua cabeça, seus braços e suas pernas, o que poderia detê-lo?

Max havia passado tanto tempo na companhia de criaturas tão maiores do que ele que, mesmo que fosse bem lá no fundo, via-se temendo pela própria vida mais ou menos o tempo todo. Na verdade, tudo era apenas uma questão de proporção. Não que eles tivessem sempre a intenção de machucá-lo — embora já houvessem ameaçado comê-lo várias vezes —, mas, por erro ou descuido, eles também já o haviam quase aleijado ou assassinado em uma meia dúzia de ocasiões. Ele quase fora jogado de um despenhadeiro, fora alvejado com búfalos sem pelo, e quase fora esmagado por monstros rolando encosta abaixo.

Poderia passar muito tempo, agora ou no futuro, tentando imaginar qual seria a motivação daqueles monstros — por que eles faziam determinadas coisas que ele preferiria que não fizessem e por que não faziam outras coisas que ele desejaria que fizessem. Quando ele encontrava as criaturas por acaso, muitas vezes elas estavam fazendo coisas estranhas: ele podia estar correndo pela floresta, à procura de algo para fazer, e dar com as costas de Judith, e quem sabe a lateral do corpo de Ira. Então via a mão de Ira dentro da orelha de Judith, e a pata esquerda de Judith batendo no chão depressa, e ambos emitindo um zumbido bem alto. "Ah, oi, Rei", diziam eles, e Ira imediatamente retirava a mão de dentro da orelha de Judith e o zumbido e as batidas cessavam. Mais de uma vez, ele já havia encontrado Douglas sentado sozinho perto das colinas brancas, gemendo e balançando o corpo, e certa vez até socando a própria cabeça.

E, enquanto Max refletia sobre tudo isso, ouviu um ruído de algo sendo raspado vindo da direção de Carol. Olhou para lá e viu Carol dormindo e tendo um sonho agitado. Arranhava o chão com as garras, abrindo sulcos profundos na terra. Max ficou olhando Carol choramingar, rosnar e mostrar os dentes de forma ameaçadora, tudo sem acordar. De repente, no meio de algum pesadelo, Carol se esticou todo para cima de Max, e suas garras chegaram a poucos centímetros de seu rosto. Max soltou um arquejo e se encolheu. Foi recuando feito um caranguejo até ir se aninhar junto a Katherine, que murmurou alguma coisa em tom de boas-vindas. Enquanto Max se afundava mais junto a Katherine, Carol continuou esticando a pata e grunhindo, e Max continuou a observá-lo das sombras, com os olhos arregalados.

41.

O céu amanheceu baixo e branco feito papel. Max estava dentro do forte, andando de um lado para o outro para avaliar suas dimensões, desenhando um esboço no chão. Carol se aproximou e imediatamente reparou nos riscos de Max.

— O que é isso?

Max não esperava ter de revelar sua ideia a Carol tão cedo. Sabia que Carol talvez ficasse chateado, mas não havia como voltar atrás, e ele não queria mentir.

— Bem... — disse Max. — Eu estive pensando que precisamos ter um... um lugar secreto dentro do forte para o rei ficar. Como uma câmara secreta para o rei.

Carol olhou para o forte, inclinando a cabeça.

— Uma o quê secreta? Não estou entendendo.

— Bem — disse Max, adotando o tom de um experiente arquiteto de castelos e reinos —, todos os reinos têm um lugar especial para o rei, com uma porta e uma chave... Um lugar pequeno. — Max indicou um espaço do tamanho exato para abrigá-lo.

— Então esse lugar deve ter o tamanho exato para você caber lá dentro? — perguntou Carol, como se tal ideia fosse um absurdo.

— Isso mesmo — respondeu Max —, o rei precisa de um tempinho para ficar sozinho em um espaço pequeno... Todos os reis têm algo desse tipo. É... é lá que eles bolam os melhores planos para tornar tudo bom para todo mundo.

Carol refletiu por alguns instantes.

— Um lugar pequeno... Tá bom, tá bom. Interessante. Mas como é que *nós* iríamos entrar lá?

— Bem, eu deixaria vocês entrarem.

— Mas a porta que você desenhou é pequena demais.

— É, essa é a melhor parte. A porta vai ser secreta. E bem pequena. Do tamanho exato para mim.

À medida que Carol compreendia as implicações da porta secreta, sua expressão ficava mais séria.

— Não sei, não — disse, estudando o forte —, eu não imaginei nenhuma porta secreta aqui. Este forte não tem lugar para portas secretas.

— Mas o forte é meu, não é? — indagou Max. — Quer dizer, eu sou o rei, não sou?

— É, claro que é — respondeu Carol, desanimado. — Eu só preciso de um segundinho para me acostumar com essa ideia. — Ele deu as costas para as portas, depois tornou a se virar. — E você vai nos deixar entrar... — Ele pensou mais um pouco, encarando a parede como se seus olhos fossem capazes de abrir um rombo ali. — Mas e se for um lugar *grande* com uma porta secreta?

— Não. Não. Não é assim que vai ser — insistiu Max. — Tem que ser...

Com um soco, Carol abriu um buraco na parede, deixando um rombo do tamanho de seu punho.

— Mais ou menos *desse* tamanho? — perguntou, furioso.

— É.

— Tá bom.

Com os ombros tensos de raiva, Carol foi até o lado de fora do forte e encontrou Douglas.

— Ei, Douglas, nós vamos precisar de um aposento novo aqui no meio, um aposento pequeno com uma porta secreta. As portas principais continuam as mesmas, mas estas portas aqui vão ser secretas.

Douglas estudou a estrutura durante alguns instantes. Não estava satisfeito em ter de refazer o trabalho e percebeu que a instrução de Max não estava agradando Carol.

Com um suspiro, Douglas fez o anúncio para os outros.

— Muito bem, pessoal... aqui no meio vai ter um quartinho, e a porta dele vai ser secreta!

Murmúrios de incompreensão ecoaram pela obra. Douglas repetiu a instrução, agora mais alto.

— A porta vai ser secreta! A porta vai ser secreta!

42.

— Psiu. Venha cá — chamou uma voz. Max se virou e deu de cara com Judith.

Caminhou até ela, que havia acabado de emergir de um buraco no chão — o túnel de árvores de mentira. Ira estava ao lado dela, mastigando seu braço em silêncio.

— Portas secretas, é? — disse ela, com a cabeça inclinada e os olhos semicerrados. — Eu ando observando você, sabia? E ontem mesmo pensei que você tivesse realmente nos salvado, mas agora entendo o que está acontecendo. E é mesmo interessante ver você trabalhar.

Judith continuou encarando Max, sem prestar a menor atenção em Ira, que mastigava com força seu braço. Max não sabia do que ela estava falando.

— Você é mesmo um manipulador, sabia? — disse ela. — Sabe o que significa essa palavra?

— Sei — respondeu Max, embora não soubesse.

— Não sabe, não — retrucou ela. — Significa a capacidade de encontrar o momento oportuno exato e a forma exata para obrigar alguém a fazer o que você quer que essa pessoa faça.

— Mas eu não fiz isso! — reagiu Max.

— Veja só como você deixou Carol. Só porque está com medo de ele comer você, precisa dessa tal câmara secreta? Isso é uma loucura. Sabe, se você gosta mesmo dele e ele quiser comer você, deveria poder fazer isso. Você precisa repensar as suas prioridades, Rei. — Houve um barulho de dentes mordendo um ligamento, como o estalo de um chiclete. Ela se virou para Ira.

— Ai. Pare com isso.

Ela tornou a se virar para Max.

— Você ficou ofendido com o que eu disse, Max? Me desculpe se ficou. As pessoas nem sempre gostam de mim, porque eu digo o que penso, sabia? Eu digo a verdade, mas faço isso para o bem de todos. E a verdade é que, se essa sua manobra da porta secreta tiver o efeito que eu acho que vai ter, talvez outro alguém resolva comer você. Talvez eu mesma tenha que comer você.

— Não, não, não! — gritava uma voz vinda do forte.

Era Carol. Ele estava ajoelhado, com o ouvido colado no chão.

— Esperem aí, esperem, esperem. O que é isso? Não está certo.

Douglas estava a seu lado.

— O que foi?

— É ruim — sussurrou Carol.

— É o ruído? — perguntou Douglas.

— Muito ruído — respondeu Carol.

Judith e Ira chegaram correndo.

— E os sussurros? — indagou Judith.

— É. Tem muitos sussurros — disse Carol, levantando a cabeça e olhando para todos com ar sério. — Infelizmente, acho que o barulho chegou até aqui, mesmo dentro destas paredes tão altas.

Alexander estava muito aflito.

— O que isso quer dizer? Não vamos estar seguros aqui?

— Não tenho certeza — disse Carol. — Mas sei que tem alguma coisa errada com o projeto deste forte. — Ele se virou para olhar Max. — Alguma coisa muito errada. Eu *sabia* que o forte não deveria ter portas secretas. Aaahhh!

Carol começou a andar de um lado para o outro junto às paredes, irado. Olhou furioso para as portas secretas, sem tentar esconder o desprezo que sentia.

Agora Max também estava ajoelhado, tentando escutar o que quer que Carol tivesse escutado. Não conseguiu ouvir nada.

— Não pode ter nenhum ruído aqui — disse Max. — Não dentro do forte. Ele é grande e poderoso demais para nos preocuparmos com coisas desse tipo.

Carol lançou-lhe um olhar que transmitia desapontamento em uma dúzia de modalidades diferentes. Começou a arranhar as paredes e as vigas com as garras.

— Vamos ter que começar tudo de novo — disse.

— Mas o forte ainda não está pronto — observou Max. — Será que não é melhor esperar...

Carol o interrompeu.

— Max. A sua voz é justamente a que eu não quero ouvir agora. Temos que refazer tudo. Temos que derrubar todas essas partes e recomeçar do zero. Vamos precisar de um fosso. E de paredes mais altas. E de uma muralha externa. Não sei o que eu devia estar pensando. Do jeito que este forte foi projetado, nunca ele poderia nos proteger.

O desânimo tomou conta de todos.

A noite caiu e Max sentiu medo. Os monstros se comportavam de forma estranha. Alexander chorava tanto que chegava a soluçar. Judith estava em um canto, comendo punhados e mais punhados de gatos minúsculos enquanto Ira mastigava sua perna.

— Max, venha comigo — disse Katherine.

Ela estava em um canto silencioso e escuro do forte. Max foi até lá, deixando que ela o envolvesse nos braços. Porém, justo quando Max estava começando a se sentir seguro e pegando no sono, olhou para fora e viu Carol de olhos pregados nos dois. Os olhos de Carol se estreitaram. E ele recomeçou a arranhar as paredes do forte, marcando-o para a destruição.

43.

A voz de Carol ecoou pela escuridão.

— Acordem! Acordem! Venham aqui fora! Venham todos aqui fora! Agora!

Todos acordaram, desorientados, e saíram do forte. Era o meio da noite. Carol estava olhando o céu.

— Olhem ali! — rugiu. — O que é que nós vamos fazer?

— O que houve? — perguntou Douglas.

— Onde ele está? Deveria estar bem ali! — rugiu Carol.

— O quê? — tornou a perguntar Douglas.

— O sol! O sol não se levantou! — disse Carol.

Todos mantinham-se afastados, achando melhor Douglas lidar com aquele problema.

— Como assim, Carol? — perguntou Douglas devagar. — Eu... Bom, eu acho que ainda é noite.

— Não é, não — disse Carol, sério. — Eu não dormi. Passei a noite inteira acordado, contando as horas. Já é de manhã, Douglas.

Ira arquejou.

— Mas está escuro — observou ele.

— *Exatamente* — disse Carol, apontando para Ira como se ele fosse a única pessoa sã dali.

Então Douglas olhou para o céu como se estivesse começando a entender o que Carol estava falando.

— Talvez ele esteja só atrasado — disse.

— Não seja idiota — esbravejou Carol. — O sol nunca atrasa! — Ele então olhou para Max. — Ele morreu!

Max tentou protestar.

— Não! Isso só vai acontecer daqui a muito tempo.

Judith se virou para Max.

— Como assim? Como é que você sabe?

— Eu falei para ele...

— Você falou para ele que o sol ia morrer? — indagou Judith, enfurecida. — O que foi que eu disse a você sobre falar coisas que chateassem Carol? E por que você não contou para *nós* também?

Alexander correu até Judith e se escondeu entre suas pernas.

— O sol não pode morrer, pode?

— É claro que pode — disse Carol. — E ele acabou de morrer!

Ira tampava a boca com as mãos.

— Ai, meu Deus. O vazio. Ele chegou.

Todos os monstros ficaram olhando para o lugar no céu onde o sol deveria estar. Estava tudo preto.

Agora Max estava preocupado. Embora soubesse, bem lá no fundo, que o sol não iria nem poderia morrer antes de milhões de anos, começava a acreditar que Carol talvez tivesse razão, que o sol de fato havia morrido poucas horas antes. Talvez as coisas naquela ilha fossem diferentes.

— Precisamos pensar em uma nova forma de viver — disse Carol. — E a primeira coisa que precisamos fazer é nos livrar deste forte.

— O quê? — disse Max.

Carol o ignorou.

— Douglas, comece a demolir tudo.

— O que há de errado com o forte? — perguntou Douglas.

— Tudo! — disse Carol, e chutou uma das paredes. — Este forte foi criado para que coisas como esta não acontecessem. E agora elas aconteceram. O forte é um fracasso, e quero que ele seja completamente posto abaixo.

— Por favor — disse Douglas. — De novo não. Espere só...

Carol chutou outra parede.

— Esperar o quê? Outro sol brotar do céu? Este forte nada mais é do que um símbolo dos nossos fracassos.

— Calma, Carol — disse Douglas, pondo a mão no ombro de Carol.

Carol se desvencilhou.

— Não tente me acalmar. O fim do mundo chegou e você está tentando ficar calmo? Eu sabia que não podia confiar em você.

Carol se jogou para cima de uma das vigas de madeira que sustentavam o teto. Esta se partiu e fez metade do telhado desmoronar no chão. Por pouco o telhado não caiu em cima de Alexander, que começou a chorar e a tremer.

— Lá vai você de novo — disse Douglas.

Carol o ignorou e virou-se para os outros monstros.

— Precisamos derrubar este forte. Vamos lá. Agora. Ninguém vai estar seguro aqui dentro.

— É, não com você por perto — disse Douglas, impedindo sua passagem.

Carol foi atrás dele, explodindo de raiva.

— O que é que *isso* quer dizer? Que *eu* sou perigoso? Que *eu* meto medo? Ira, derrube isso!

Douglas se virou para ele.

— Tá bom, você vai acabar derrubando mesmo mais cedo ou mais tarde. Pode queimar tudo!

— Cale a boca! — berrou Carol.

— Pode comer todo mundo! — sibilou Douglas.

— Talvez eu coma mesmo! — berrou Carol, e segurou o braço de Douglas como se fosse tirá-lo da frente. Mas a intenção de Carol era outra, e ele conseguiu realizá-la: arrancou o braço de Douglas. Arrancou-o da articulação e ergueu-o no ar como se houvesse acabado de encontrar alguma coisa podre e fedida.

Douglas ficou parado, com areia úmida a escorrer do ombro. Pressionou o buraco com a outra mão, mas a areia escorreu por entre seus dedos cobertos de penas.

— Seu braço agora não é mais tão bom assim, não é mesmo, Douglas? — disse Carol, atirando o braço longe como se não fosse nada.

Douglas se afastou a passos largos, e Katherine foi atrás, tentando impedir que a areia escorresse. Max ficou parado na soleira do forte e então cruzou olhares com Carol. Carol parecia assustado, sabendo que jamais poderia desfazer o que acabara de fazer e o que Max acabara de ver. Ele virou as costas e saiu andando para dentro da mata.

Neste exato instante, a primeira luz da aurora varou a escuridão como uma faca separando o céu da terra. Parecendo uma jujuba branca, o sol irrompeu no horizonte e os pássaros começaram a piar nas árvores.

44.

Max adentrou as ruínas do forte, com Judith, Ira, o Touro e Alexander logo atrás.

— Então esperem um pouco — disse Alexander. — O sol não morreu? É o mesmo sol?

— É, sim, é o mesmo sol — disse Judith, ríspida, encarando Max com um olhar intenso. — Era só *de noite*! — Ela avançou até Max, pisando firme. — As coisas ficaram mesmo confusas desde que você chegou aqui. Quase morremos de susto agora porque *você* fez Carol acreditar que o sol ia morrer!

Alexander, escondido atrás de Judith, também protestou:

— Douglas perdeu o braço porque você precisava de um forte — disse. — Foi uma péssima ideia.

— Eu sei! — admitiu Max.

— Bom, você tem muitas péssimas ideias! — disse Judith.

— EU SEI! — gritou Max.

Judith ficou parada, muito alta, a seu lado.

— Eu estou com fome. Você não, Ira?

Ira, até Ira, olhava para Max com os olhos semicerrados.

— É. Um pouco.

— Não estão, não — disse Max, aguentando firme. — Ninguém aqui está com fome.

Judith o olhou como se ele fosse uma uva que houvesse acabado de aprender a falar.

— Quem disse isso?

— Eu. Eu sou o rei.

Alexander soltou o ar pelo nariz com desdém.

— Rei? Você não passa de um menino fingindo que é um lobo fingindo que é um rei.

Max encarou Alexander com fúria. Nunca havia destestado tanto um rosto como o de Alexander.

— Eu não estou fingindo que sou rei!

Alexander revirou os olhos.

— Então você simplesmente não é lá essas coisas como rei.

— Sou, sim! — berrou Max.

— Você não sabe nem quem você é!

Max partiu para cima dele. Empurrou Alexander contra a parede do forte. Alexander bateu a cabeça com força e caiu no chão. Max pulou em cima dele e começou a socá-lo com os punhos. Nunca havia batido em ninguém com tanta força tantas vezes. Era ótimo sentir os nós dos dedos batendo no rosto áspero de Alexander, e sentir os braços de Alexander se agitarem para se proteger dos golpes. Max socou, socou, até seus próprios braços se cansarem e os nós de seus dedos ficarem doloridos. Socou Alexander até que seus gritos agudos e seu choro cessassem e ele se encolhesse bem encolhidinho, esperando aquilo terminar.

Quando Max parou de bater e se levantou, os monstros estavam olhando para ele com o que parecia ser um respeito renovado.

— Gostei bastante disso — disse Judith, soltando então uma risada que foi um breve trinado.

— Eu também — disse Ira.

Max estava atordoado. Não conseguia olhar para os monstros. Não queria ficar perto deles nem de mais ninguém. Precisava se afastar deles e de todo mundo por algum tempo. Se pudesse deixar a própria pele, teria feito isso.

Ele saiu do forte e foi caminhando sem rumo em direção ao sol, que pairava acima da água como uma mãe zelando pelos filhos.

45.

Max passou algumas horas na praia, pensando no que poderia e no que não poderia fazer, e no que precisava fazer. O sol já estava alto quando ele começou a voltar para o forte.

Encontrou os monstros encolhidos em diversos pontos do forte em ruínas, tirando um cochilo depois da noite insone. Douglas também estava lá, com a cabeça sobre a barriga de Judith, e Ira tinha o braço pendurado por cima do de Douglas, como para esconder a ferida. O Touro dormia de bruços no chão, pernas abertas, na posição de quem se rende.

Max viu outro vulto em um canto escuro e afastado do forte. Aproximou-se e viu Alexander sentado dentro da câmara do rei, atrás da porta secreta que estava entreaberta.

Max sentou-se do lado de fora da porta.

— Quer que eu saia daqui? — sussurrou Alexander.

— Não — respondeu Max. Olhou com atenção para Alexander, finalmente percebendo que os dois eram mais parecidos do que diferentes. Seu tamanho, sua pelagem: eles eram duas versões de uma mesma criatura, com dimensões pequenas e grandes ambições. Pensou em pôr a mão nas costas de Alexander, mas, quando levantou o braço, Alexander se retraiu. Havia uma ferida aberta ali, com os pelos arrancados, a pele vermelha e arroxeada.

— Fui eu que fiz isso? — perguntou Max.

— Foi.

Max passou alguns instantes olhando a ferida, em seguida se ajoelhou ao lado de Alexander.

— Está doendo? — perguntou Max, esperando que a resposta fosse não.

— Está, um pouco — respondeu Alexander com uma careta.

Max pegou o rabo de sua fantasia de lobo e a lambeu, usando-a para limpar a ferida.

Alexander sorriu.

— Melhorou. Obrigado.

— Eu agora preciso ir embora para outro lugar.

— Para onde? — perguntou Alexander.

— Para qualquer lugar. Eu destruo todos os lugares aonde vou. Destruí este lugar aqui também. Eu... eu não queria que o braço de Douglas fosse... fosse...

Max não conseguiu pronunciar a palavra.

— Não foi você quem arrancou — disse Alexander. — Foi Carol.

— Mas fui eu que quis um forte. E fui eu que disse a Carol que o sol iria morrer. E fui eu que quis fazer portas secretas...

Alexander olhou para Max como se estivesse zangado.

— Você acha mesmo que destruiu esta ilha? Acha que tem esse poder todo? Que você é o motivo pelo qual todos ficam felizes ou tristes?

Max teve vontade de responder *Não*, mas era exatamente isso que ele estava pensando.

— Mas eu bati em você. Bati em você cem vezes.

— Bom, isso você fez mesmo. Não há dúvida.

Max terminou de limpar a ferida e largou o rabo.

— É por isso que eu preciso ir embora. Não quero nunca mais fazer uma coisa dessas.

— Mas talvez você faça — disse Alexander.

— Mas eu não quero.

— Mas mesmo assim talvez você faça. Aonde quer que vá.

Max não tinha certeza se estava sendo claro o suficiente.

— Mas eu não *quero* — disse.

Alexander quase não fez pausa nenhuma. Em vez disso, sorriu, como se Max estivesse sendo particularmente estúpido.

— Mas mesmo assim talvez você faça.

Passaram algum tempo sentados em silêncio, observando os outros monstros dormir. No sono, as gigantescas criaturas pareciam crianças, quase bonitinhas, e ao mesmo tempo patéticas, trágicas, sobrecarregadas por tudo que traziam consigo, muito mais do que Max ou Alexander podiam saber.

— Com tudo que eles fizeram, com tudo que devoraram, com tudo que disseram e... — Alexander riu.

— O quê? — disse Max. — O que você quer dizer?

— Bem, é incrível que eles consigam dormir — disse Alexander.

46.

Max precisava falar com Carol. Só conseguia pensar em um lugar onde ele poderia estar, agora que sabia que o sol iria viver mais um dia.

Max percorreu a ilha correndo, atravessou as florestas e o campo de lava, e chegou aos rochedos que margeavam o litoral. Viu o ateliê de Carol bem no alto do penhasco, mas não havia rochedos para escalar. Max e Carol tinham atirado todos eles no mar lá embaixo.

Max voltou para o campo de lava e se aproximou do ateliê por cima. Aquele caminho era mais difícil que o dos rochedos, e ele se sentiu muito mal por ter tornado a subida por ali mais difícil. Quando encontrasse Carol, iria pedir desculpas por isso e por muitas outras coisas mais.

Quando entrou no ateliê, Carol não estava. Mas estivera ali recentemente. Toda a cidade em miniatura havia sido destruída. Havia resquícios dela espalhados pelo recinto, vidro e metal por toda parte, como se Carol a houvesse destruído em um acesso de fúria. O chão estava coalhado de peixes, e um ou dois deles ainda respiravam devagar, e nesse momento Max se deu conta de que Carol na verdade havia posto em prática suas ideias e construído a cidade submarina de Max, com trem de metrô submarino e tudo. Max se sentiu mal ao ver todo o trabalho de Carol destruído e espatifado.

Sabia que precisava encontrar Carol. Virou-se e tornou a atravessar correndo o campo de lava e a floresta, na direção do forte. Quando foi se aproximando, porém, viu uma espiral escura de fumaça saindo do local. Começou a correr mais depressa e, quando chegou na beira do canteiro de obras, onde tinha ficado em pé ao lado de Carol para avaliar o progresso da construção, viu o forte em chamas, engolfado pelo fogo, todo laranja e tremeluzente. O forte não tinha a menor chance de sobreviver. Lá em cima, as corujas voavam em círculos, piando bem alto.

— Era isso que você queria? — Era Carol. Ele havia aparecido diante de Max. Sua expressão era uma nuvem de raiva, e sua pelagem absorvia a cor laranja da fogueira mais atrás.

Max recuou.

— Não — respondeu. — Não era isso que eu queria. Como foi que aconteceu?

Carol deu de ombros com um gesto exagerado.

— Quem vai saber? Pode ser que eu saiba, pode ser que eu não conte. Assim como você não me contou que estava indo embora desta ilha. Você vai mesmo?

Max aquiesceu.

A expressão de Carol se abrandou.

— Não vá — pediu baixinho.

— Eu preciso ir — disse Max.

Carol girou o corpo depressa, como se contendo o impulso de partir para cima de Max. Tornou a se virar para ele, esforçando-se para mostrar-se afável.

— Tá — disse —, mas quer vir até aqui e pôr a cabeça dentro da minha boca de novo?

Max continuou a recuar.

— Não, Carol. Eu não quero fazer isso agora. — Seu objetivo era aumentar o espaço que o separava de Carol.

Carol soltou o ar com força pelas narinas. Seu rosto se contorceu em um esgar. Um rosnado brotou bem lá do fundo. Ele se controlou e disse, em tom neutro:

— Você é um fracasso como rei, Max.

Carol deu um passo na direção dele, arreganhando os dentes.

— Olhe só para o seu forte, arruinado, incendiado! Era isso que você queria? Olhe só o que você fez!

Max não arredou pé.

— Não fui eu que pus fogo no forte.

— O quê? Você acha que a culpa é *minha*? É culpa *minha* se você está magoado? — Carol tinha um olhar transtornado. — É culpa *minha* se este lugar está destruído?

Max não disse nada. Deu alguns passos para trás. A cada passo que Max recuava, Carol dava um passo grande para a frente.

— Responda! — berrou.

— Culpa *minha* é que não é — disse Max, encolhendo-se.

— O quê? É culpa *minha* se você deu uma surra em Alexander? É culpa *minha* se você está indo embora? Se não se sente seguro aqui? Eu por acaso sou *tão* ruim assim? Por acaso sou tão *terrível* assim? Por acaso é culpa *minha* se o seu *reino* é um *fracasso*?

Max começou a planejar uma fuga. Olhou para um lado, depois para o outro.

— Por acaso é culpa *minha* se eu tenho que comer você? — rugiu Carol, erguendo os braços. Suas garras reluziram à luz da fogueira.

Max se virou para sair correndo.

Carol se jogou para a frente. Max caiu de quatro no chão. Carol não conseguiu pegá-lo. Max rolou para o lado e correu depressa até a mata. Entrou por uma abertura baixa e pequena da vegetação cerrada — pequena demais para Carol passar —, e então conseguiu ganhar um pouco de vantagem. Max continuou correndo pela mata sinuosa, seguido de perto pelos rugidos e pelos passos estrondosos de Carol. Enquanto corria, Max precisou saltar toras de madeira e pedras, e se encolher para passar sob os galhos mais baixos, enquanto escutava Carol, logo atrás dele, simplesmente passando por cima de tudo. Max ouvia sua respiração, alta e rascante. Ele estava ganhando terreno.

— Venha aqui! — disse uma voz que não era a de Carol.

Era Katherine, em pé dentro de uma árvore oca. Ela segurou o braço de Max e o puxou para fora do caminho. Atirou-o nas costas e subiu na árvore bem depressa.

Carol passou correndo, grunhinho ferozmente. Não havia sobrado nada do antigo Carol. Ele agora era só raiva, só fúria e rosnados, com os olhos inexpressivos e assassinos de um tubarão.

Katherine alcançou o topo da árvore em segundos e Max olhou em volta para as colinas e o costado da ilha. Sentiu-se seguro por alguns instantes, mas então a árvore começou a se sacudir. Carol estava subindo atrás deles.

— Entre aqui! — sussurrou Katherine.

— O quê?

Katherine estava com a boca aberta e tentava empurrar Max lá para dentro.

— Entre!

— Eu não...

As sacudidas foram ficando mais violentas à medida que Carol se aproximava. Max não teve escolha. Pôs os braços dentro da boca de Katherine, de forma não muito diferente de quando havia ajudado Carol na primeira noite. Katherine imediatamente empurrou Max para o resto do caminho, engolindo-o. Max soltou um ganido rápido e desapareceu dentro da barriga macia de Katherine.

Foi como cair dentro de uma sacola de pano cheia de comida molhada. O cheiro era rançoso e desagradável, uma mistura de comida podre e ácido estomacal. Era escuro e sufocante, apenas com lufadas de ar ou clarões de luz ocasionais quando Katherine abria a boca.

Carol se aproximou com grande estrondo, e logo também estava em cima da palatoforma, em pé ao lado de Katherine, muito alto. Max a sentiu recuar, tentando manter o equilíbrio.

— Cadê ele? — rugiu Carol.

Max tentou respirar o mais silenciosamente possível.

— Ele quem? — perguntou Katherine.

— Não piore a situação — bradou Carol, agora ainda mais alto. — Cadê ele, Katherine?

— Não sei! — gritou ela, desafiadora.

— Quer que eu coma *você* também?

— Pode comer! — berrou ela.

Carol deu-lhe um empurrão e, pelo fortíssimo tremor da plataforma, Max percebeu que Carol havia pulado para longe. No entanto, justamente quando Max estava começando a se sentir aliviado, ouviu-se uma explosão de movimentos e gritos. Carol havia retornado e a plataforma rangia e estalava sob seu peso.

— Dê ele para mim! — berrou Carol.

— Ele não está aqui! — disse Katherine com os dentes cerrados.

— Espere um pouco — sibilou Carol. — Estou sentindo o *cheiro* dele.

Max podia ouvir Carol bem do outro lado da fina parede de pele e pelos que separava os dois.

— Estou sentindo o cheiro dele no seu hálito!

A imensa garra de Carol mergulhou dentro da barriga de Katherine, tentando agarrar Max. Max se esquivou daquela pata, revirando-se de um lado para o outro dentro da barriga de Katherine. Sentiu algo se tensionar em Katherine, e de repente, com um profundo grunhido de dor, a pata de Carol sumiu. Katherine aparentemente tinha batido nele com toda a força, derrubando-o de cima da árvore de uma altura que chegava, fácil, aos sessenta metros. Max ouviu os galhos se partindo enquanto Carol caía, tentando aparar a queda. Por fim, ouviu-se um baque e um grunhido baixo.

— Segure firme — disse Katherine para Max, e ele a sentiu pular da plataforma para outra plataforma. E depois para mais outra. Ela seguiu pulando bem alto para longe dali, sem parar, até Max ter certeza de que haviam atravessado a ilha inteira e chegado a um lugar seguro.

47.

Quando pararam, Max sentiu, de leve, o cheiro da água salgada do mar. Katherine, com Max dentro da barriga, havia fugido até a praia. Ele estava aliviado e cansado, e tudo que queria era sair dali e ir embora de barco.

— Ele já foi? — perguntou Max.
— Foi, sim — respondeu Katherine. — Estamos seguros.

Max estava atordoado e sem fôlego.

— Não consigo respirar direito aqui dentro. Pode me tirar daqui?

Katherine não disse nada.

— Katherine? — chamou Max um pouco mais alto.

Não houve resposta.

— Katherine! — berrou ele, agora esmurrando a parede de seu estômago.

Começou a tentar escalar as paredes das entranhas de Katherine, mas elas eram escorregadias demais. Não havia nada em que se segurar.

— Katherine? — chamou ele.

Por fim, ela respondeu.

— O que foi, meu amor?

— O que você está fazendo? Eu preciso sair daqui.

Max não estava escutando nada.

— Katherine?

Não houve resposta.

— Katherine? Cadê você?

— Você está seguro aí dentro — disse ela. — Eu vou proteger você.

— O quê? — indagou Max.

— Não está gostando de ficar aí dentro? — perguntou ela.

— Não. Me deixe sair.

Houve outra pausa comprida antes de ela recomeçar a falar.

— Você foi um mau rei. Não posso deixar você ir embora.

— O quê? Eu não fui um mau rei. Katherine, preciso sair daqui. — Max estava ofegante e sua cabeça latejava. — Não acho que isto aqui seja um bom lugar para eu ficar. Não consigo respirar.

— Consegue, sim — insistiu ela. — Por que está fazendo isso comigo? — perguntou, subitamente indignada. — Você não me ama!

— Isso não é verdade — disse Max. — Por que você está dizendo isso?

— Sei lá! — respondeu ela em tom de lamúria.

Max estava ficando mais fraco por dentro, com a respiração mais curta. Sentia-se a ponto de desmaiar.

— Por favor não vá embora, Max. Você faz parte de mim.

— Eu preciso ir — sussurrou ele.

Houve uma pausa que pareceu interminável. Max sentiu que estava ficando entorpecido, seus dedos começaram a formigar, seu coração a ratear.

No exato instante em que sentiu que estava caindo em algo

parecido com um sono, foi erguido em direção à luz. Era Katherine. Ela havia enfiado o braço dentro da própria boca e agarrado Max pelo cangote. Tirou Max de dentro da barriga e o ergueu no ar. Depois depositou-o cuidadosamente no colo.

Ele teve a sensação de que o ar era muito fresco e limpo, e sorveu-o em grandes quantidades. O oceano à sua frente estava brilhante e calmo, e atraía Max. Mas ele se sentia tão fraco que mal conseguia manter os olhos abertos. Enquanto Katherine afagava seus cabelos molhados, ele se entregou a um sono leve.

48.

Quando acordou, viu todos os monstros na sua frente, menos Carol. Eles haviam desatracado seu barco e o preparado para zarpar. Max se levantou do colo de Katherine e ficou de pé, ainda um pouco zonzo.

— Então você vai mesmo — disse Douglas. Sua perna, semidevorada pela planta, estava verde e tinha cheiro de presunto. Havia um graveto preso a seu ombro no lugar do braço arrancado.

Max aquiesceu.

Douglas estendeu a mão esquerda. Max a apertou.

— Você foi o melhor pensador que já tivemos — disse Douglas.

Max tentou sorrir.

— Eu sinto muito por tudo isso — disse Ira em voz baixa. — Estou me sentindo culpado.

Max lhe deu um abraço.

— Não se sinta assim.

Judith e Max trocaram olhares. Ela adotou uma expressão que dizia *Ih, desculpe!*, depois soltou uma risada aguda e nervosa.

— Nunca sei o que dizer nessas horas — falou.

Max e Katherine empurraram o barco na direção da água, e Douglas ajudou. Max lembrou que ainda estava usando a coroa, então a tirou com muito cuidado e entregou-a ao Touro.

Max sentia a cabeça mais leve, os pensamentos mais claros. Olhando para os monstros, procurou armazenar cada um deles na memória. Desejou que Carol estivesse ali, mas ao mesmo tempo sabia que despedidas quase nunca são tão simples e adequadas quanto esperamos que sejam. Virou-se em direção ao barco e ao mar mais adiante, estreitando os olhos na direção das ondas para tentar ver que mudanças elas iriam lhe apresentar.

Quando o casco se desprendeu da areia e pôs-se a boiar na água calma, Max entrou no barco. Em pé diante do leme, virou-se para abraçar Katherine. O corpo dela tremia, aos prantos, mas quando eles se separaram, ela pareceu bem, pareceu forte.

Max içou a vela e segurou a retranca. Estava pronto. Douglas e Ira empurraram o barco pelos últimos metros até afastá-lo da praia.

Conforme a maré ia levando Max embora, ouviu-se um forte farfalhar na floresta. Todos ergueram os olhos. Um par de folhas imensas se abriu e ele surgiu. Carol. Saiu do meio da folhagem e correu em direção à praia, agitando os braços.

Max cravou os olhos nos de Carol e, quando fez isso, Carol parou no alto das dunas, com os ombros caídos. Em sua expressão, Max viu apenas tristeza. Não havia mais raiva, não havia mais vontades, apenas pesar e arrependimento.

Enquanto a vela ia levando Max cada vez mais longe, ele e Carol continuaram a se encarar. Quase em transe, Carol começou a andar em direção à beira-mar. Desceu as dunas e cambaleou pela praia, seus olhos se tornando mais ansiosos à medida que se aproximava do mar. Passou pelos outros monstros e entrou aos tropeços no mar, sem noção de onde estava. Foi só quando a água atingiu seu peito que ele percebeu que Max estava longe demais para ser alcançado. Nessa hora, Carol pareceu que ia desabar, desmoronando aos poucos dentro do mar.

Sabendo que era a única coisa a fazer, Max começou a uivar.

O uivo tinha um som de perdão e, aparentemente, era só isso que Carol queria. Ele foi arrebatado por aquele som e ficou com os olhos cheios de lágrimas. Deteve-se quando a água do mar já batia em seu peito, quase a ponto de afogá-lo. Controlando-se, pôs-se a uivar em resposta.

— Auuuuuuuu! Auuuuuuuuuuuuuuu!

Seus uivos subiram até o céu e se enroscaram até virar um só, e os outros monstros também começaram a uivar, e aquelas vozes todas criaram uma canção selvagem e melancólica de tristeza e abandono, de raiva e amor. Ficaram todos uivando juntos até Max se afastar para dentro do oceano, bem longe, e ir embora para sempre.

49.

Max foi navegando sob a lua cheia, sem ver terra firme nem à frente nem atrás. Fixou a bússola na direção sul, torcendo para que velejar no sentido oposto o levasse de volta para casa. No entanto, até onde sabia, poderia muito bem ir parar em outro lugar completamente diferente.

Max seguiu navegando por muitos dias e muitas noites, enfrentando tempestades e manhãs claras e monótonas tão compridas que pensava que jamais fossem se transformar em tardes. Por fim, certo dia de manhã, viu uma lagarta se mexer no horizonte, e essa lagarta logo cresceu e se transformou em uma terra que se estendia para oeste e para leste, e essa terra cresceu e se transformou, ele teve certeza, na floresta da qual ele havia partido.

Quando finalmente tocou terra firme, ele atracou o barco na mesma enseada e amarrou-o à mesma árvore em que o havia encontrado. Saiu correndo pela floresta o mais depressa que podia. A neve havia derretido, e agora tudo que se via eram alguns montinhos brancos. Ele estava muito perto de casa.

Saiu da floresta e chegou à rua, adorando a sensação do asfalto sob os pés. Atravessou correndo o bairro onde todas as casas estavam às escuras, menos a sua. Viu-a nitidamente ao longe, e das janelas ainda saía uma luz bem forte.

Max correu o mais depressa que pôde até chegar a poucas casas de distância, então diminuiu o passo para uma corrida leve, depois para uma caminhada. Por que tinha diminuído o passo? O próprio Max ficou confuso com isso. Talvez fosse o peso de chegar novamente em casa. Havia passado muito tempo longe. Anos, parecia. E agora estava de volta, e estava diferente. Será que sua mãe iria reconhecê-lo? E Claire? Sob determinados aspectos, ele se sentia grande demais para aquela casa. Mas também sentia que havia adquirido uma nova capacidade de se encaixar dentro dela.

Max entrou, tentando não fazer barulho ao fechar a porta. Passou pelo *hall* de entrada e viu o pássaro que tinha feito na aula de artes, milagrosamente consertado. Olhando de perto, viu que a mãe o havia colado com a máxima delicadeza e cuidado possível. O pássaro estava inteiro e novo outra vez.

Ao passar pela cozinha, Max viu em cima da bancada uma refeição inteira pronta para ele: uma tigela de creme de cogumelos, um copo de leite e uma fatia de bolo. Ainda em pé, devorou tudo com a ânsia de um glutão e, enquanto comia, viu a mãe adormecida no sofá.

Terminou de engolir a comida, tirou a fantasia de lobo pela cabeça e foi até onde ela estava. Em pé a seu lado, Max viu que ela havia adormecido de óculos. Tinha os cabelos emaranhados junto à têmpora.

Max ficou olhando para ela, com a cabeça inclinada, observando-a. Com cuidado, retirou os óculos e os depositou sobre a mesa em frente sem fazer barulho. Tocou seu rosto de leve, ajeitando uma pequena mecha de cabelos atrás da orelha. Passou algum tempo em pé ali, junto à mãe, conhecendo-a agora, realmente quase a conhecendo de verdade agora, feliz por vê-la descansar.

Agradecimentos

Nem é preciso dizer que este livro não poderia existir sem Maurice Sendak e Spike Jonze. Em 1963, Maurice publicou um livro de ilustrações estranho e diferente de tudo que existia até então, um livro que eu li quando criança, que me deixou aterrorizado e com o qual finalmente me reconciliei em algum momento dos meus vinte e poucos anos. Muito tempo depois, Spike me ligou do nada em um dia de 2003 perguntando se eu gostaria de colaborar no roteiro de uma adaptação cinematográfica desse livro que ele estava fazendo. Aceitei, e tenho com ele uma dívida incalculável por ter pensado em mim e não, digamos, em um roteirista experiente.

Assim começou o processo. Spike traçou as linhas gerais do que tínhamos em mente: que Max era filho de pais divorciados e um pouco distantes, que tinha uma irmã, e que, quando viaja de barco até a ilha, a viagem, a ilha em si e todos os que encontra lá são muito reais. Spike e eu tentamos ir incrementando a história a partir daí, a começar pela pergunta não sobre *onde vivem*, mas sobre *quem são* os monstros, e o que eles querem da vida e de Max.

Ao longo dos anos (décadas?) que passamos trabalhando no roteiro, tive a oportunidade de conhecer o sr. Sendak, o artista mais verdadeiro e sincero e o homem mais genuíno que já existiu. Certo dia, Maurice telefonou para me dizer que ele e outras pessoas haviam pensado que seria possível escrever um romance com todo aquele material acumulado, e perguntou se eu gostaria de fazer isso. Eu disse que iria tentar, e o resultado foi este.

Se vocês assistirem ao filme, irão perceber que a história deste livro segue de perto a do filme em muitos pontos, e em outros as duas se afastam. Quando me sentei para escrever este livro, primeiro pensei que iria mais ou menos transcrever o filme. Porém, ao longo do caminho, conforme fui me embrenhando, bem ao estilo de Max, na floresta do enredo, descobri outros caminhos para entrar e sair da ilha e, de modo geral, fui acrescentando minhas próprias interpretações à história de Max. Afinal de contas, o Max do livro infantil é uma versão de Maurice, e o Max do filme é uma versão de Spike. O Max deste livro, portanto, é uma combinação do Max de Maurice, do Max de Spike e do Max da minha própria infância.

Por suas leituras honestas e apaixonadas deste livro, agradeço à minha mulher, Vendela, e a meu irmão, Toph, que entendem os Max deste mundo e, portanto, sabem o que é ser criança e, portanto, sabem o que é ser humano; aos amigos Michelle Quint, Tish Scola e Adrienne Mahar, por suas leituras antecipadas e perspicazes do manuscrito; a Nick Thomson, Onnesha Roychoudhuri e Henry Jones, por sua tão competente revisão de última hora; a Vince, Natalie, Russell, KK, Eric, Sonny, John, Ren, às duas Catherines e a todos os outros gênios malucos responsáveis pelo filme; a todos os editores e funcionários da McSweeney's; a Daniel, Michael, Nick, Roddy e Neil, por mostrarem o caminho e estabelecerem os (altos) padrões; a Simon Prosser e Andrew Wylie, que, juntos, defenderam este livro em um momento crucial; e a Mac Barnett, grande autor de livros infanto juvenis. Se vocês ainda não leram nada dele, vão correndo fazer isso. A literatura infanto juvenil tem um futuro muito rico e, ouso dizer, ilimitado — joguem em um fosso qualquer um que disser o contrário —, e Mac tem um lugar central nesse futuro ilimitado. Não apostem contra ele, nem contra ninguém igual a ele.

ESTA OBRA FOI COMPOSTA POR OSMANE GARCIA FILHO EM ELECTRA E
IMPRESSA PELA GRÁFICA BARTIRA EM OFSETE SOBRE PAPEL PÓLEN SOFT
DA SUZANO PAPEL E CELULOSE PARA A EDITORA SCHWARCZ
EM OUTUBRO DE 2009